There
ple)
ients
nc. upped
harmacy b

Month ago

h activities, said Betty
s, president of the Sacra-
AACP. "It meant a lot to
of something," she
lling her own experi-
youth sports league
l to turn th
are in
government

of the bid report, the Energy Depart-
ment said. Companies apply-
ing for funding include Boeing
Co., BP PLC, Dow Chemical
Co., General Electric Co. and
SunPower Corp. The
nies selected
employee

946 m
list of b
Gates re
By Ja
Asso
NEW YO
dreams

"also he
h" grou
eet with
owners
id enc
h othe
Hallm
lice co
conce
Con
Inside
looks
store's

BI's
CVS offe
n in stock is and
Express Started
ay in Dec
ompanies role in
forces wi ripts in
ond-largor the p
nefits ma managem
ir barga
ng mak
etitors
s Inc.,
olutio
fits ma

Big Brothers/
said. "But of
pol
too
D
not
digg
At
Elder

1YR AGO	0 QTR
4.72	▼
4.73	▼
4.74	▼
4.72	▼
4.79	▼
4.80	▼

te
can't ju
said.
Insid
waterin
Power
served
doles ou

Each
include
valued a
based on
prices.
The block
Novemb

Raj and Maya
Nayaran work amid vivid re-
minders of their native Fiji

ACTIVES ($1 OR MORE)

STOCK	VOL (00s/64s)	CLOSE	CHG
[illegible]rdM	728922	7.93	+.31

ACTIVES

STOCK	V
Nasd100Tr	

小熊媽

親子學英語私房工具101+

小熊媽（張美蘭）　著／黑白手繪
徐世賢 Nic　繪圖

作者序

期待每個孩子都有「不趕場」的童年

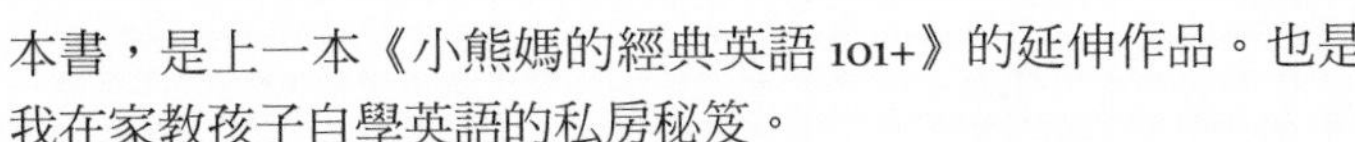

本書，是上一本《小熊媽的經典英語 101+》的延伸作品。也是我在家教孩子自學英語的私房秘笈。

寫完《小熊媽的經典英語 101+》英語繪本介紹書後，我在全省做了許多場演講。但常有家長寫信給我，說他們親子共讀英語繪本遇到難處，最常見的難處就在：

一、**孩子不能突然接受爸媽唸英語繪本**，還是比較喜歡聽中文故事。
二、就算孩子願意聽，聽了感覺有**難度，無法得到樂趣**。

仔細回想，我家孩子也不是只有直接聽英語繪本的，他們在美國的日子，跟我一起參加許多圖書館的活動、Play group，甚至到幼兒園，都學了很多英語念謠與童謠，也看了英語影片、度過許多西洋獨有的節日、也看過一些學英語的教具；在家**學英語，其實是需要多元管道的刺激，不只是念繪本而已**。

本書就是根據以上的不足，加以補充。就**像要準備變魔術一樣，希望提供家長多種類的道具，讓孩子更接受英語、愛上英語！**

我個人不建議讓太小的孩子（如二至六歲）去補習班學英語，原因有下：

第一，因為要接送，補習班可能很遠，不僅浪費時間，也增加家長上班的不便。請補習班接送，孩子又太小，車上安全堪慮。

第二，第二是幼小的孩子**抵抗力弱**，去補習班這樣的密閉空間很容易**傳染疾病**。

第三，**幼小孩子注意力時間短**，去補習班通常上課要比久。所以很多時間**其實只是玩耍或吃點心**。如果是這樣，**在家裡能自己教，不是更好？**

第四，小小孩補英語，有時會找附近**無照教師、私人教室**；這些教師可能並沒有正式教師資格，更可能只是 ABC（國外長大的華人）、或不知哪裡來的外國人，把孩子教給他們，有時關起門來一兩個小時，家長也不知道他們到底在教什麼、做什麼，我覺得這不是妥當的做法。

良莠不齊、口耳相傳、非政府立案的私人英語教室，建議還是不要輕易把孩子送去，萬一遇到狼師、虎師，對孩子都是難以挽回的傷害！

我家老三在幼稚園時，很喜歡在下課後到學校附近的大廣場，等同學出來一起玩。可是，他常常都很失望 ...
因為下課後同學們要趕的才藝班，還真不少！許多家長拉著孩子，匆匆忙忙地經過，他們看到老三期待的臉龐，總是很抱歉地說：

「不好意思，〇〇〇今天有 ×× 課！不能跟你玩喔～」

我常看到老三臉上一次又一次落寞地表情，這是一個等不到玩伴的童年。也才體會到：台灣家長，把孩子的課後時間，塞得太滿、太忙了。

仔細分析這些課程，包含了：舞蹈、繪畫、律動、音樂／樂器、直排輪等，我覺得幼稚園的孩子，一個禮拜一到三次有趣的、活動性的才藝課，是可以接受的。但是比較難過的，是聽到很多孩子一週要上三次到五次以上的英語課！而這些英語課，如我第四點所言，有些是非正式立案的英語班，而只是私人的、沒有教師資格的、沒有營業登記的地下教室。

我衷心希望：讓小孩子多些時間放空、玩樂吧！想要補習，國小、國中以後，有的是機會！為何要讓小小孩因為爸媽覺得「不想輸在學英語的起跑點」，而這樣努力趕場呢？

親子天下二〇一七年五月有篇文章，指出芬蘭的幼兒園，課表是這樣的：

8:00 吃早餐　8:30 戶外玩耍　10:00 室內玩耍
11:00 午餐　12:00 午睡　14:00 點心
14:30 戶外玩耍　15:30 室內玩耍

我家老三，在台灣與我自學英語，沒有去過補習班，在五年級也被選拔為全市英語比賽的代表。學英語，其實有很多管道，不只是關在補習班而已。衷心希望這本書，能讓小孩子減少一些去補習班的時間，能讓他們在家就能自學基礎的英語，也讓他們有更多的時間盡情玩耍、過一個「不趕場」的快樂童年！

小熊媽　於 2022 年 11 月

CONTENTS

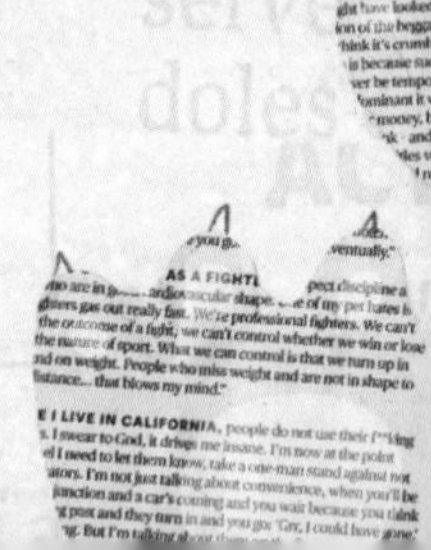

PHYMEAN

CHAPTER 1

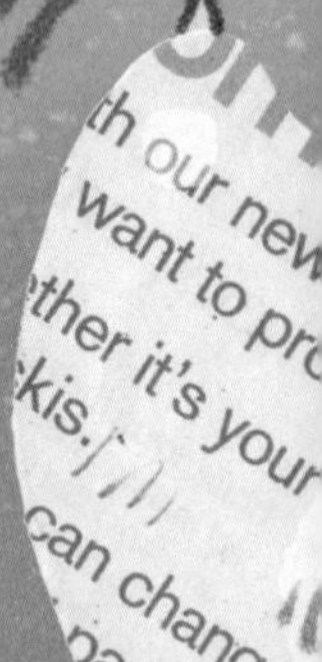

D CHANTS

親子一起更好玩！

1. 手指謠與遊戲謠

十多年前，我帶著才一歲多的小熊，在美國德州休士頓南方的海邊生活，當時我們住在海邊小木屋，走路就可以去海灘，那是一段美好難忘的日子。

很幸運地，我遇到一些友善的美國媽媽，邀請我參加他們的 play group，每次去，她們都會**帶唱一些歌曲，很多是手指謠、身體謠、甚至只是沒有音樂的念謠！**

這些童謠，好像只有我不會唱，在場土生土長的美國媽媽們，可都是信手捻來！我才領悟到：**原來，各地的童謠，是從小媽媽教的、是每個國家自成一格的！**這些美國媽媽應該不會唱〈火車快飛〉，就像我不會唱 *This old man* 一樣！**而孩子，就是在這些童謠、念謠中，學會唱歌、語詞的意義。**

於是，我開始了「英語童謠採集」的工作，努力在美國收集了許多童謠 CD，看了許多相關書籍、繪本（童謠也有畫成繪本的），好讓我的孩子上學時，能有英語童謠能力，不是個完全不懂、一片空白的外國人！

我的努力有代價，孩子們在美國上學後，英語聽說都無縫接軌，背景知識也夠，念謠更是琅琅上口，與大家開心地打成一片。

以下列出的，**是我覺得最基本、也最有趣的遊戲謠，除了增進孩子的字彙能力外，也能玩、能互動，讓親子樂在其中！**同時我也收集了免費網路示範影片，讓家長可以掃描 QR Code 或輸入網址，馬上學會如何帶孩子一起念、一起唱、一起玩！

當然，還有很多類似歌謠，請到範例的網站去尋找，保證可以滿載而歸！

01

PHYME AND CHANTS

Round & Round the Garden

類型♪親子互動遊戲謠

原文歌詞

Round and round the garden,

Like a teddy bear,

One step, two step,

Tickle you right there!

歌詞大意

繞一繞花園，像隻泰迪熊，
一步、兩步……
來搔你癢了！

孩子學得到的單字

round	繞圈
garden	花園
teddy bear	泰迪熊
tickle	搔癢

推薦理由

這大概是幼兒最喜歡跟爸媽互動的童謠了！**因為孩子都怕癢，卻又喜歡被搔癢。**

我家孩子們很小就喜歡與我玩這首歌，尤其是老三迷你熊，雖然有時他會一面笑一面躲著說：不要搔我癢！但是過不久又會說：「媽媽，來跟我玩搔癢歌啦！」

親子互動說明如下：

---

1. Round and round the garden, like a teddy bear：抓著孩子的一隻手掌，將其打開，然後大人用兩隻手指（當作小熊的腳）**在掌心畫圈圈**。
2. One step, two step：大人的兩隻手指往孩子的手臂上走兩步。
3. Tickle you right there：手指繼續再往上，作勢（或真的）搔孩子的胳肢窩。

網路示範

小男孩
與母親示範

舞蹈版

動畫版

02

PHYME AND CHANTS

Row Row Row Your Boat

類型♪親子互動謠或孩子互動謠、輪唱謠

原文歌詞

Row, row, row your boat,

Gently down the stream.

Merrily, merrily, merrily, merrily,

Life is but a dream.

歌詞大意

划呀划，划著船，
緩緩順流而下。
開心地，開心地，開心地，開心地，
人生不過夢一場。

孩子學得到的單字

row	搖（船）
boat	船
gently	緩慢自得的樣子
down the stream	順流而下
merry	開心的樣子
life	人生、生活
dream	夢

推薦理由

本歌應該算是**全世界最有名的划船歌**，大人小孩都可琅琅上口；也算是**極為豁達的一首勸世歌**。

如果當作是互動歌謠，共玩的方法如下：

❶ 大人（或孩子）與孩子面對面坐下，互相抓著對方的手臂，就像圍成一個小船。
❷ 然後一人往前推、一人往後倒，但同時要互相抓緊。前搖後搖像划船一樣唱完本歌！
❸ 家長也可以**把小寶寶放在膝蓋上**，抓著孩子的兩手作划船狀，然後身體**往前在往後搖晃**。

還有一種「輪唱玩法」如下：
❶ 將孩子分為三到四組，當第一組唱：Row, row, row your boat, 其他組孩子先安靜。
❷ 當第一組唱 Gently down the stream.，第二組開始唱 Row, row, row your boat。
❸ 當第二組唱 Gently down the stream，第三組開始唱 Row, row, row your boat。

依此類推，孩子會發現**這樣輪唱十分好玩**，而且音樂性也很美！以前我曾擔任救國團假期服務員，**許多晚會都可以用這個小節目暖場**，孩子也很喜愛，值得家長與老師試試。

網路示範

 與幼兒一起如何玩？
請見一位年輕媽媽的示範

 真人划船版

03

PHYME AND CHANTS

To Market, to Market

類型♪遊戲謠

原文歌詞

To market, to market, to buy a fat pig.
Home again, home again, jiggety jig.

To market, to market, to buy a fat hog.
Home again, home again, jiggety jog.

To market, to market, to buy a plum bun.
Home again, home again, market is done.

歌詞大意

去市場去市場，去買一隻肥豬，
回家了回家了，jiggety jig

去市場去市場，去買一隻肥豬，
回家了回家了，jiggety jog

去市場去市場，去買李子麵包，
回家了回家了，市集結束了

孩子學得到的單字

market	市場、市集
fat	肥的
pig、hog	基本上都是豬
plum	李子
bun	小圓麵包、小圓糕點

推薦理由

這也是**鵝媽媽童謠**，可以單純唱，也可以玩簡單的膝上互動遊戲，說明如下：

❶ 大人坐著，把寶寶或幼兒抱起來，放在自己的膝上。
❷ 順著音樂節拍，膝蓋上下搖動，**假裝寶寶是騎馬上菜市場**買東西！

如果是給比較大的幼兒，做法如下：
❶ 可以給他一把掃帚，或是一根木棒，讓他假裝在**騎竹馬**。
❷ 然後先騎到遠的地方當作 To market，再讓他騎回來。
❸ 讓他**去玩具堆中找些東西帶回來**，當作是買回來的豬、或是其他動物。
❹ 可以重複多唱幾遍，讓孩子跑來跑去找東西帶回家。

本童謠十分簡單、容易琅琅上口，是歐美孩子幼年時期基本的童謠與回憶。希望家長也能多利用此首歌跟孩子互動，除了學語言，也能增進親子樂趣！

網路示範

 給小寶寶坐膝蓋的互動版

 大女孩示範念謠版

04

PHYME AND CHANTS

The Itsy Bitsy Spider

類型♪手指謠、遊戲謠

原文歌詞

The itsy bitsy spider went up the water spout,

Down came the rain and washed the spider out,

Out came the sun and dried up all the rain,

And the itsy bitsy spider went up the spout again.

歌詞大意

小小的蜘蛛順著排水管往上爬，
下雨了，把蜘蛛沖走了，
太陽出來後把雨水曬乾了，
蜘蛛又爬上排水管了。

孩子學得到的單字

itsy bitsy	小小的
spider	蜘蛛
water spout	排水管
rain	雨
wash out	沖走
dried up	乾（過去式）
sun	太陽

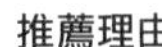

推薦理由

這是我到美國後，參加當地圖書館 Toddler story time（學步兒故事時間）所學到的**第一首手指謠**。這已經是多年前的事了，我與外子帶著一歲多的小熊哥，剛搬到德州海邊、靠近休士頓的一個美麗小島上；唱這首歌的是一位叫凱倫的圖書館主任，她十分有氣質，講話不疾不徐，帶有南方軟軟的口音，她念了幾個鵝媽媽的故事，然後把手假裝成蜘蛛，一面唱這首歌給孩子們聽。

這首手指謠的親子互動方式，我**個人改良的做法**如下：

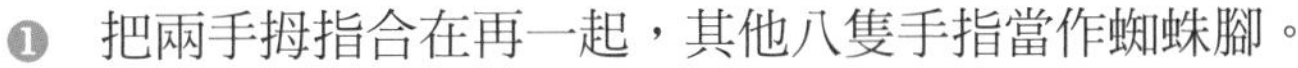

1. 把兩手拇指合在再一起，其他八隻手指當作蜘蛛腳。
2. The itsy bitsy spider went up the water spout：手作勢往上爬（也可往孩子手背上爬）。
3. Down came the rain and washed the spider out：兩手做出下雨的動作，然後再變成蜘蛛，蜘蛛作勢往下滑！

4. Out came the sun and dried up all the rain：手畫一個圓圈，表示太陽出來了，然後水蒸氣往上升，兩手也往上升。
5. And the itsy bitsy spider went up the spout again：蜘蛛作勢再度往上爬！（也可往孩子手背上爬）。

一般來說，此歌謠要跟孩子互動，效果會更好，所以蜘蛛可以往孩子手臂或頭頂上爬去，孩子會笑得超開心！試試看喔～

網路示範

The lulus 雙胞胎大哥哥示範，十分值得一看

來看 Matt 大叔的另一種示範，也很有趣

05

PHYME AND CHANTS

The Finger Family (Daddy Finger)

類型♪手指謠

原文歌詞

Daddy finger, daddy finger, where are you?
Here I am, here I am. How do you do?

Mommy finger, mommy finger, where are you?
Here I am, here I am. How do you do?

Brother finger, brother finger, where are you?
Here I am, here I am. How do you do?

Sister finger, sister finger, where are you?
Here I am, here I am. How do you do?

Baby finger, baby finger, where are you?
Here I am, here I am. How do you do?

歌詞大意

爸爸手指、爸爸手指，你在哪裡？
我在這兒，我在這兒，你好嗎？

媽媽手指、媽媽手指，你在哪裡？
我在這兒，我在這兒，你好嗎？

哥哥手指、哥哥手指，你在哪裡？
我在這兒，我在這兒，你好嗎？

姐姐手指、姐姐手指，你在哪裡？
我在這兒，我在這兒，你好嗎？

寶寶手指、寶寶手指，你在哪裡？
我在這兒，我在這兒，你好嗎？

孩子學得到的單字

daddy	爸爸
mommy	媽媽
brother	兄弟
sister	姊妹
baby	寶寶

推薦理由

這是**讓寶寶／幼兒認識自己手指的基礎歌曲**，旋律簡單但是十分容易上手，請家長務必與孩子一起玩玩看！
手指謠玩法如下：

1. 首先，唱到 Daddy finger, daddy finger, where are you? 時，要把孩子的大拇指點出來。
2. 然後大人搖動大拇指（自己的或孩子的），一面唱：Here I am, here I am. How do you do?
3. 接下來唱 Mother finger，就是食指；brother finger 是指中指（比中指的動作要注意以免別人誤會）；sister finger 是無名指、baby finger 是小指。

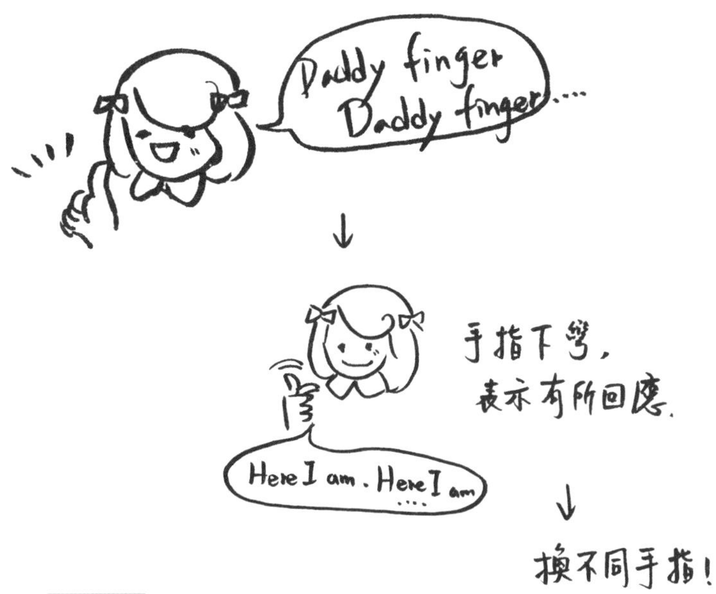

網路示範

由 Kaite 姐姐一人分飾五角的真人示範版

動畫示範版

06

This Little Piggy

類型♪手指謠、腳趾謠

原文歌詞

This little piggy went to market,

This little piggy stayed home,

This little piggy had roast beef,

And this little piggy had none,

This little piggy cry wee wee wee wee wee

all the way home!

歌詞大意

這一隻小豬去市場，
這一隻小豬待在家裡，
這一隻小豬吃烤牛肉，
這一隻小豬什麼都沒有，
這一隻小豬一路哭喊著
wee wee wee wee 回家去。

孩子學得到的單字

market	市場
roast beef	烤牛肉

推薦理由

這是一首**十分有名、用手指頭與腳趾頭跟寶寶玩的歌曲！**當我家孩子還小的時候，我常常玩他們胖胖的小腳趾，然後唱這首歌。

親子互動方式：

---

❶ 這首歌中正好有五隻小豬，每一隻代表一個腳趾／手指，所以爸媽可以輕輕握住孩子的大拇指／腳趾頭，唱：This little piggy went to market.

❷ 然後換第二隻手指／腳趾，唱：This little piggy stayed home.
然後換第三隻手指／腳趾，唱：This little piggy had roast
❸ beef.
然後換第四隻拇指／腳趾，唱：This little piggy had none.

❹ 最後一個小指頭，當然是一路哭回家的小豬豬了！

把握寶寶小的時候，多玩幾次，你會發覺：**不知不覺，你家孩子的胖胖腳很快就長大了**～長大後，他也不想跟你玩這可愛遊戲了！

網路示範

來看 Patty 阿姨帶著學步兒一起示範腳趾謠的玩法

Mother Goose Club Playhouse 的真人示範如何唱手指謠

07

PHYME AND CHANTS

Open Shut Them

類型♪手指謠

原文歌詞

Open shut them, open shut them,
Give a little clap, clap, clap.
Open shut them, open shut them,
Put them in your lap, lap, lap.

Creep and crawl them, creep and crawl them,
Right up to your chin, chin, chin.
Open wide your little mouth,
But do not let them in, in, in.

歌詞大意

打開、合起來，
輕輕拍一下手。
打開、合起來，
把手放在膝蓋上。

爬呀爬、爬呀爬，
爬到你的小下巴。
把你的小嘴巴張開，
但別讓他們進來。

孩子學得到的單字

clap	拍手
lap	膝上
creep and crawl	爬
chin	下巴
mouth	嘴巴

推薦理由

這首也是很適合與小小孩共玩的手指謠，上一首玩腳趾，這一首主要是手部動作；而且以父母的手為主導者，動作解說如下：

❶ 藉由**拍手、合起手掌**的動作做開頭，然後放在**膝蓋上**。
❷ 然後，媽媽把手指當作小人，慢慢爬到寶寶的下巴。
❸ 再點出寶寶的嘴巴，用手保護一下。

這首歌除了親子互動很有趣味，更能讓孩子知道一些身體部位的英文名稱！例如：**膝上、下巴、嘴巴等**。喜歡的話還可以藉機給寶寶搔搔癢，他會笑得更開心喔！

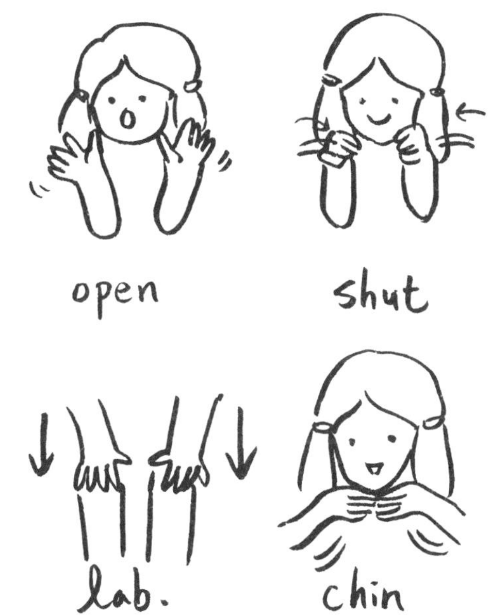

網路示範

真人示範版

Two Little Dicky Birds

類型♪手指謠

原文歌詞

Two little dicky birds, Sitting on a wall.
One named Peter, and one named Paul.
Fly away, Peter,
Fly away, Paul.
Come back, Peter,
Come back, Paul.

Two little dicky birds, Sitting on a cloud.
One named Quiet and one named Loud.
Fly away, Quiet,
Fly away, Loud.
Come back, Quiet,
Come back, Loud.

歌詞大意

兩隻小鳥坐在牆頭，
一隻叫彼得，一隻叫保羅。
彼得飛走了，保羅也飛走了，
彼得回來了，保羅也回來了。

兩隻小鳥在雲端，
一隻叫「安靜」，一隻叫「大聲」
安靜飛走了，大聲也飛走了。
安靜回來了，大聲也回來了。

孩子學得到的單字

dicky bird	小鳥（兒語）
cloud	雲
quiet	安靜
loud	大聲

推薦理由

孩子小的時候，都很喜歡大人陪他玩手指謠，**看著他們眼神緊跟著你的手，是種注意力很好的訓練，**這首歌謠特別清楚！因為小鳥（大人手變成的）會飛走、又飛回到孩子眼前！

手指謠作法：

1. 一開始，大人先將兩隻拇指假裝是兩隻小鳥，介紹他們的名字：Peter、Paul。
2. 然後一隻手作勢飛走，再換另一隻手也飛走。
3. 接下來一隻小鳥（手）又飛回孩子的眼前，另一隻也是。
4. 第二段，**要變化的是音量**，因為小鳥現在叫：Quiet（安靜）與 Loud（大聲），介紹 Quite 就念小聲一點，介紹 Loud 就大聲念。
5. **飛走與飛回時，也是一個大聲念一個小聲念！**

玩一兩遍後，可以邀孩子伸出兩手一起玩，然後親子互相搔癢也不錯！

網路示範

真人示範手指謠

動畫版也很可愛

09

PHYME AND CHANTS

Dance Thumbkin Dance

類型♪手指謠

原文歌詞

Dance, Thumbkin, dance,
Dance, Thumbkin, dance,
Thumbkin he can dance alone,
So dance, you merry men(fingers), every one,
Dance, Thumbkin, dance.

Dance, Pointer, dance,
Dance, Pointer, dance,
For Pointer he can dance alone,
So dance, you merry men(fingers), every one,
Dance, Pointer, dance.

（以下輪換）

Dance, Tallman, dance...
Dance, ring man, dance...
（注意：ring man cannot dance along，此處有變化）
Dance, Lilttle man, dance...

歌詞大意

每段歌詞幾乎都相同，
換五個手指頭的暱稱而已。

第一段是：
跳舞吧！大拇指，跳舞吧！
但大拇指可以單獨跳舞，
和其他手指一起跳舞吧！
跳舞吧！大拇指，跳舞吧！

第二段換成：

跳舞吧！食指，跳舞吧！

孩子學得到的單字

thumbkin	大拇指
pointer	食指
tallman	中指
ring man	無名指
baby	小指

（有時會用 Liltle man、Pinky）

推薦理由

這也是一首我家孩子都很喜愛的手指謠。不同的是，這首歌會讓孩子更深入了解每隻指頭的英文暱稱，如除了大拇指是 thumbkin，pointer 則是食指，tallman 是中指，ring man 是無名指，liltle man 當然就是最小的小指。

這首歌很有趣，因為我看過一種唱法，是每個手指都可以獨自跳舞，除了無名指以外——**因為無名指是戴婚戒的手指，而結婚需要兩個人！**所以故意會唱：**無名指不可以單獨跳舞！**

不過目前網路看到的示範，是每隻手指頭都不可以單獨跳舞，都需要和其他的手指一起跳！好吧，那就一起跳吧～因為現代人都很怕寂寞啊！

記得與孩子互動時，要讓每隻手指頭好像在跳舞般搖動，**也可在手指頭上先畫上臉孔**，讓每隻手指都好像活生生的人一樣，跳起舞來孩子更愛看！

大姆指上下跳動

換食指上下跳動

再換其他手指

網路示範

老婆婆真人示範版，很有親和力

國外的幼兒共玩同體現場手指謠實況，值得一看！

10

PHYME AND CHANTS

Where Is Thumbkin?

類型♪手指謠

原文歌詞

Where is thumbkin? Where is thumbkin?
Here I am. Here I am.
How are you today, Sir? Very well, I thank you.
Run and play. Run and play.

Where is pointer? Where is pointer?
Here I am. Here I am.
How are you today, Sir? Very well, I thank you.
Run and play. Run and play.

Where is pinky? Where is pinky?
Here I am. Here I am.
How are you today, Sir? Very well, I thank you.
Run and play. Run and play.

歌詞大意

大拇指在哪裡？大拇指在哪裡？
我在這裡、我在這裡。
你今天如何？
我很好，謝謝！
跑去玩囉～

食指在哪裡？食指在哪裡？
我在這裡、我在這裡。
你今天如何？
我很好，謝謝！
跑去玩囉～
（以下每個手指輪換）

推薦理由

本歌曲也是**認識手指頭的常見熱門歌謠**，幾乎美國幼兒園的孩子都耳熟能詳。常見的玩法如下：

1. 先詢問大拇指在哪裡？（此時兩手先放在身後）
2. 然後其中一個大拇指先出來，另一個再出來。（各自應答 Here I am 一次）
3. **兩個大拇指彎曲，當作是人在點頭，互相問好。**
然後兩隻手又分別躲到身後，當作是 Run and play!

另一種玩法，是把自己、兩個手指當作三個人互動（見超會演小女孩的示範），自己與兩個大拇指一問一答：
How are you today, sir? Very well, I thank you.

記得，不管是人還是拇指，都要點頭向對方問好！這也是一首很好的**禮節教育歌曲**，讓孩子知道，當有人問你：
How are you today? 就可以回答：**Very well, thank you!**
我家老三迷你熊，就是聽這首歌而學會與外國人應答的第一步！

網路示範

 可愛外國小女孩的專業示範

 也是超會演小女孩示範！（假髮很大又可愛）

11

PHYME AND CHANTS

Hickory Dickory Dock

類型♪手指謠

原文歌詞

Hickory, dickory dock,
The mouse ran up the clock,
The clock stuck one,
the mouse ran down,
Hickory dickory dock.

Hickory, dickory dock,
The mouse ran up the clock,
The clock struck two,
the mouse said "Boo",
Hickory, dickory dock.

Hickory dickory dock,
The mouse ran up the clock,
The clock struck three,
The mouse said "Whee",
Hickory dickory dock.

Hickory dickory dock,
The mouse ran up the clock,
The clock struck four,
The mouse said "no more!",
Hickory, dickory dock.

歌詞大意

小老鼠爬上大鐘，大鐘打了一下，
老鼠跑了下來。

下一段只是替換大鐘敲響的次數，
如大鐘打兩下，老鼠說：Boo!
大鐘打三下，老鼠說：Whee!
大鐘打四下，老鼠說：No more!

孩子學得到的單字

mouse	老鼠
clock	鐘，此處指的是大立鐘
struk	撞擊（過去式）

Hickory dickory dock；
此三個字就是有押韻的字，
本身並沒有特別意義

推薦理由

這首念謠有趣的描述了老鼠攀爬高處的情況，有點類似我們的傳統念謠：

小老鼠，上燈台，
偷油吃，下不來，
叫媽媽，媽不來，
叫爸爸，爸不來，
嘰哩咕嚕滾下來！

本念謠可以配合與孩子互動的手勢：

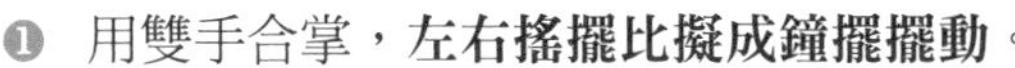

❶ 用雙手合掌，**左右搖擺比擬成鐘擺擺動**。
❷ 再用手指集中，比擬老鼠，爬上大鐘就像爬上孩子肩頭或額頭。
❸ 用拍手代表打鐘的次數。
❹ 再用手指代表老鼠，從上往下溜下來。
❺ 記得可以用彈舌頭的聲音，當作鐘擺的聲音！（見下黑色捲髮阿姨的示範）

在親子互動中，**可以讓速度越變快，有點像玩繞口令及智力測驗喔！**

網路示範

一位黑色捲髮阿姨在美麗拼布前的精采示範

圖書館員阿姨示範版

12

PHYME AND CHANTS

The Beehive

類型♪手指謠、腳趾謠

原文歌詞

Here is the beehive.

Where are the bees?

Hidden away where nobody sees.

Soon they come creeping out of the hive.

One, two, three, four, five.

Bye bees!

歌詞大意

這裡有一個蜜蜂窩
蜜蜂在哪裡呢？
他們躲在沒有人看的到的地方。
很快地，他們一隻隻爬出來了！
一、二、三、四、五～～
再見，蜜蜂們！

孩子學得到的單字

beehive	蜜蜂窩
hidden away	躲藏
nobody	沒有人
creeping out	爬出來（進行式）

推薦理由

這一個是念謠，可以**不用唱歌**（歌喉不好的父母可以放鬆一下了）。

這也是一個十分基本的手指謠，做法如下：

❶ 二手畫圓，當作是蜂巢。
❷ 另一手做出左看右看的姿勢，表示：蜜蜂在哪裡？
❸ 手指握拳，開始把每一根手指打開，代表有一到五隻蜜蜂跑出來。
❹ 然後手指上下震動，表示蜜蜂飛過來了！嘴裡唸著 Buzz（英語的蜜蜂叫聲），可往前嚇一下孩子！

我家住在樹林附近，常有蜜蜂甚至虎頭蜂想來我家陽台築巢，我常需要趕走它們，不堪其擾。

多年前，有虎頭蜂在陽台冷氣縫中築了半個巢！裡面也有了新的幼蟲，我只好請消防隊來幫忙摘巢。

消防隊大叔到了，沒戴護具，只拿了一瓶類似「噴效」的殺蟲劑。他對準蜂巢努力噴，然後戴上手套，輕而易舉地把虎頭蜂巢拿下來了！

這念謠常讓我與孩子想起這段往事。蜂蜜很好吃，不過當蜜蜂嗡嗡叫（英語用 Buzz）飛過來時，孩子們要懂得自保，快跑為妙！

網路示範

 可愛動畫歌唱版

 Alina 阿姨超誇張演出版

13

PHYME AND CHANTS

Five Little Monkeys Jumping on the Bed

類型♪手指謠、遊戲謠

原文歌詞

Five little monkeys jumping on the bed,
One fell off and bumped his head.
Mama called the doctor, and the doctor said,
"No more monkeys jumping on the bed!"

Four little monkeys jumping on the bed,
One fell off and bumped her head.
Mama called the doctor, and the doctor said,
"No more monkeys jumping on the bed!"

Three little monkeys jumping on the bed,
One fell off and bumped his head.
Mama called the doctor, and the doctor said,
"No more monkeys jumping on the bed!"

Two little monkeys jumping on the bed,
One fell off and bumped her head.
Mama called the doctor, and the doctor said,
"No more monkeys jumping on the bed!"

One little monkey jumping on the bed,
He fell off and bumped his head.
Mama called the doctor, and the doctor said,
"No more monkeys jumping on the bed!"

歌詞大意

五隻猴子在床上亂跳，
有一隻掉下床去撞到頭了，
媽媽打電話給醫生，醫生說：
不准有猴子在床上亂跳了！

四隻猴子在床上亂跳，
有一隻掉下床去撞到頭了，
媽媽打電話給醫生，醫生說：
不准有猴子在床上亂跳了！

三隻猴子在床上亂跳……
（以下猴子數遞減）

孩子學得到的單字

jump	跳
bump	撞到
doctor	醫生

推薦理由

這首歌我太有同感了！家有三**個頑皮男孩，小時候最喜歡在床上跳來跳去！**記得小熊哥兩歲多第一次去舊金山玩，就是因為太興奮一直在旅館床上跳（勸了也不停止），結果真的～「砰」跌到床下撞到額頭！

接下來去矽谷看大舅，額頭頂著一塊大膠布，把舅舅和舅媽都嚇一跳！但是他自此以後，再也不敢學猴子跳床了。

事實上，**我一直懷疑這首歌也是為了勸誡小孩「不要在彈簧床上亂跳！」而生的**，因為跳床不但危險，也容易傷害床墊啊！還是不要跟自己的安全（與荷包）過不去才好。

本歌曲可以用手指謠的方式互動：

❶ **把五隻手指頭當作是五隻頑皮猴**，上下跳躍。
❷ 用另一隻手指出撞到頭的猴子。
❸ 然後手指數減為四隻、三隻……最後剩一隻。

網路示範

來看 Matt 叔叔的示範！

14

PHYME AND CHANTS

One, Two, Three, Four, Five, Once I Caught a Fish Alive

類型♪手指謠、遊戲謠

原文歌詞

One, two, three, four, five,

Once I caught a fish alive.

Six, seven, eight, nine, ten,

Then I let him go again.

Why did you let him go?

Because he bit my finger so.

Which finger did he bite?

This little finger on my right.

歌詞大意

一、二、三、四、五，
我曾抓到一條活的魚。
六、七、八、九、十，
然後我又放它走了。

為何我要放走牠？
因為牠把我手指咬的好痛！
咬到哪一根手指？
就是我右手的小指。

孩子學得到的單字

caught	抓到（過去式）
fish	魚
alive	活的
bite	咬
finger	手指
little	小的

推薦理由

這是一首教孩子學數數的好歌！而且這首歌也可以數手指或腳趾，都很好玩。

互動方式如下：

1. One, two, three, four, five：可以用孩子的手或大人的手（腳也可以），數一到五。
2. Once I caught a fish alive：兩手合掌，做出小魚滑溜的樣子；也可以裝出手拿釣竿的樣子。
3. Six, seven, eight, nine, ten：繼續數另外一隻手，算六到十。
4. Then I let him go again.：手裝作放生魚類的樣子。
5. Why did you let him go?：兩手一攤，做出為何的問題。
6. Because he bit my finger so.：以一隻手咬另外一隻手。
7. Which finger did he bite?：做出數手指的樣子。
8. This little finger on my right.：用一隻手指著另外一隻手小拇指。

記得：**唱到被魚咬時，請務必做出痛苦的樣子**，這樣孩子會更投入、更喜歡你的優秀演出！

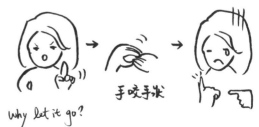

網路示範

 可愛小男孩真人示範版

 動畫版，也十分清楚，也教學數數

 3D 動畫版

5 Little Fish

類型♪手指謠、遊戲謠

原文歌詞

Five little fishes swimming in the sea,
Teasing Mr. Shark
"You can't catch me!"
Along came Mr. Shark
As quiet as can be
SNAP!

Four little fishes swimming in the sea,
Teasing Mr. Shark
"You can't catch me!"
Along came Mr. Shark
As quiet as can be
SNAP!

Three little fishes swimming in the sea,
Teasing Mr. Shark
"You can't catch me!"
Along came Mr. Shark
As quiet as can be
SNAP!

Two little fishes swimming in the sea,
Teasing Mr. Shark
"You can't catch me!"
Along came Mr. Shark
As quiet as can be
SNAP!

One little fishes swimming in the sea,
Teasing Mr. Shark
"You can't catch me!"
Along came Mr. Shark
As quiet as can be
SNAP!

No little fishes swimming in the sea.

歌詞大意

五隻小魚在海裡游泳，
逗弄鯊魚說：「你抓不到我！」
鯊魚安靜地游過來……
咬！

四隻小魚在海裡游泳，
逗弄鯊魚說：「你抓不到我！」
鯊魚安靜地游過來……
咬！

三隻小魚在海裡游泳，
逗弄鯊魚說：「你抓不到我！」
鯊魚安靜地游過來……
咬！

（依此類推，換數字）

孩子學得到的單字

tease	逗弄
catch	抓到
snap	猛咬

推薦理由

這也是一首學倒著數的歌曲。在學數數之外，還可以練習**注意力（eye tracking）**。

手指謠的唱法：

1. Five little fishes swimming in the sea：一隻手掌打開，手指搖動，當作五隻小魚游過來。
2. Teasing Mr. Shark "You can't catch me!"：搖手，當作不行抓到我的意思。
3. Along came Mr. SharkAs quiet as can be：兩手舉高在頭上搭三角形，比做鯊魚。
4. SNAP!：兩手一上一下，當作大鯊魚的嘴，然後猛力合起來！
5. 接下來，只剩四隻小魚（手指）游回自己背後，然後再游出來，重複以上的場景，只是魚越來越少……最後都被大鯊魚吃光光了！

還有，我家老大長大後，聽到弟弟玩這首歌，頗有感觸，他說：「這首歌很有教育意義，它告訴我：**不要隨意挑釁又大又壞的惡人，除非你想變成 GOLD FISH ！**（一種美國孩子常吃的魚型餅乾）」

識時務者為俊傑，童謠也能讓孩子學到大道理。

網路示範

超經典！兩位美麗大姊姊又唱又比示範給你看

Jessica 阿姨示範另一種玩法，最後演出鯊魚好失望

16

PHYME AND CHANTS

Head Shoulders Knees and Toes

類型♪身體謠

原文歌詞

Head, shoulders, knees and toes,

Knees and toes.

Head, shoulders, knees and toes,

Knees and toes.

And eyes, and ears, and mouth,

And nose.

Head, shoulders, knees and toes,

Knees and toes.

歌詞大意

頭，肩膀，膝蓋與腳趾，
頭，肩膀，膝蓋與腳趾，
眼睛和耳朵和嘴巴和鼻子，
頭，肩膀，膝蓋與腳趾。

孩子學得到的單字

head	頭
shoulder	肩膀
knee	膝蓋
toe	腳趾
eyes	眼睛
ears	耳朵
mouth	嘴巴
nose	鼻子

推薦理由

若你沒聽過這首歌，應該也聽過台灣版的童謠：

頭兒肩膀膝腳趾、膝腳趾、膝腳趾，
頭兒肩膀膝腳趾、膝腳趾、膝腳趾，
眼、耳、鼻和口。

這是一首認識五官、四肢的英文名稱歌曲，但也可以當作團康遊戲歌。以前我小時候老師常帶我們玩。

互動身體謠的玩法：

---

1. Head, shoulders, knees and toes, Knees and toes.：用手指著頭、肩膀，然後是膝蓋、腳趾，接著重複一遍。
2. And eyes, and ears, and mouth, And nose.：手指出眼睛、耳朵、嘴巴、鼻子。
3. Head, shoulders, knees and toes, Knees and toes.：重複第一段。

這是很棒的**團康遊戲歌，類似帶動唱**，讓孩子從慢慢唱歌比動作開始，然後**愈唱愈快**！速度愈快孩子愈會笑出來，大人也是！

網路示範

Lulu 兄弟又帶來雙胞胎最佳示範

很受歡迎的動畫版本

17

PHYME AND CHANTS

Pat a Cake

類型♪拍手謠

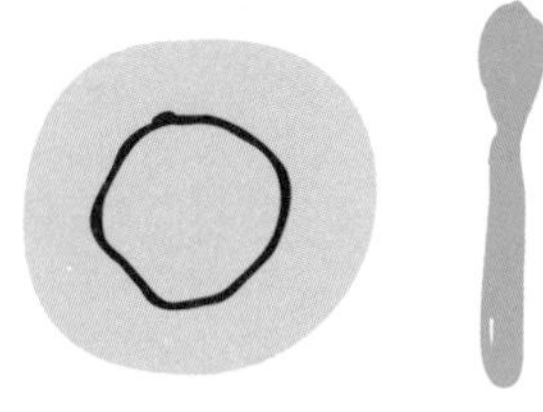

原文歌詞

Pat-a-cake, pat-a-cake, baker's man.

Bake me a cake just as fast as you can.

Pat it and roll it and mark it with a "B",

And put it in the oven for Baby and me.

歌詞大意

做蛋糕，做蛋糕，麵包師傅，
快幫我烤個蛋糕；
拍拍、捲捲，上面畫個 B，
放進烤箱給寶寶和我。

孩子學得到的單字

pat-a-cake	做蛋糕
bake	烤
roll	翻轉
mark	做個記號
oven	烤箱

推薦理由

這是一首可以與**寶寶／幼兒玩的極佳拍手謠**，可以唱也可以念。玩法說明如下：

❶ Pat-a-cake, pat-a-cake, baker's man. Bake me a cake just as
❷ fast as you can. ：這兩段都可以用交叉拍手的方式玩耍。（見下面的大哥哥示範）

❸ Pat it and roll it and mark it with a "B"：兩手做拍麵團狀、再兩手繞圈做滾麵團狀，然後手指在自己面前畫一個英文字母 B ！

❹ And put it in the oven：兩手伸出，做出放麵團入烤箱狀。for Baby and me.：雙手做出搖小寶寶狀、最後手指自己。

孩子無聊時，我不會拿出手機要孩子打發時間，而是常與他們玩**〈手的遊戲〉**，如：「我家的我家的我家ㄘㄟ ㄟ」、「海帶啊海帶」、「黑白ㄘㄟ ㄟ」……這首英語的手指謠，也很適合讓孩子練習英語、同時娛樂！比看 3C 有意義多了。

網路示範

大哥哥與可愛妹妹示範如何玩拍手謠

雙胞胎兄弟的示範

動畫的唱跳版本

Johny Johny Yes Papa

類型♪互動謠（親子對唱）

原文歌詞

Johny, Johny! Yes, Papa.
Eating sugar? No, Papa.
Telling lies? No, Papa.
Open your mouth. Ha, Ha, Ha!

Cindy, Cindy! Yes, Papa.
Eating candy? No, Papa.
Telling lies? No, Papa.
Open your mouth. Ha, Ha, Ha!

Baby, Baby! Ga ga ga.
Eating dirt? Ga ga ga.
Telling lies? Ga ga ga.
Open your mouth. Ga, Ga, Ga!

Doggie, Doggie! Woof woof woof.
Eating pillows? Woof woof woof.
Telling lies? Woof woof woof.
Open your mouth.
Woof, woof, woof!

Mommy, Mommy! Yes, Johny.
Eating ice cream? Yes, Johny.
Taste good? Yes, Johny
I like it too. We do too!

歌詞大意

強尼，強尼，
是的，爸爸，
偷吃砂糖，
沒有啊～爸爸，
在說謊？
沒有啊～爸爸，
嘴巴張開，
哈哈哈。

（以下換成 Cindy 吃糖果、小寶寶吃泥巴、狗狗咬枕頭……）

最後一段不太一樣：

媽咪，媽咪，
是的，強尼，
吃冰淇淋？
是的，強尼。
好吃嗎？
是的，強尼。
我也想吃，
我們也是！

孩子學得到的單字

sugar	砂糖
candy	糖果
dirt	泥土
pillow	枕頭
ice cream	冰淇淋

推薦理由

家有喜歡演戲的孩子嗎？這一首可以好發揮了！這首念謠，可以**讓孩子與你互動輪流演唱**，還可以演小狗汪汪叫一下。這首歌其實就是莫札特〈**小星星變奏曲**〉的弦律改編，所以十分容易上口。

互動玩法如下：

❶ Johny, Johny!：大人先裝作爸爸來教孩子的名字，也可以置換為孩子的名字。
❷ Yes, Papa ：孩子要裝無辜的回答。
❸ 大人說 Eating sugar? 孩子說 No, Papa，大人繼續說 Telling lies? 孩子說：No, Papa，這兩段是一來一往的攻防。
❹ 大人說 Open your mouth. 孩子就張開嘴大聲笑：Ha, Ha, Ha!

接下來場景是吃糖果、寶寶玩泥土偷吃泥土、以及狗狗偷咬抱枕，都類似第一段的結局，只是寶寶的聲音變成：嘎嘎嘎～，狗變成：汪汪汪。最後一段最有趣，媽媽吃冰淇淋被孩子發現了，她也大方地承認很好吃！孩子與寶寶與狗兒最後一起說：「我們也要！」

以下 lulu 兄弟的示範影片，很有教育意義。孩子都愛吃糖，但是要告訴他們：不但容易蛀牙，也會提高得糖尿病的機率！**與其吃糖，不如多吃青菜水果，好好改善飲食習慣才是王道。**

網路示範

超搞笑真人演唱，
不看後悔！

lulu 兄弟的影片，
寓教於樂

19

PHYME AND CHANTS

If You're Happy and You Know It

類型♪遊戲謠

原文歌詞

If you're happy and you know it,
clap your hands.
If you're happy and you know it,
clap your hands.
If you're happy and you know it
and you really want to show it,
If you're happy and you know it,
clap your hands.

If you're happy and you know it,
stomp your feet.
If you're happy and you know it,
stomp your feet.
If you're happy and you know it
and you really want to show it,
If you're happy and you know it,
stomp your feet.

If you're happy and you know it,
shout hooray!
If you're happy and you know it,
shout hooray!
If you're happy and you know it
and you really want to show it,
If you're happy and you know it,
shout hooray!

If you're happy and you know it, do all three.
If you're happy and you know it, do all three.
If you're happy and you know it and you really
want to show it,
If you're happy and you know it, do all three.

歌詞大意

如果你很開心你就拍拍手
如果你很開心你就拍拍手
如果你很開心而且很想表達出來
如果你很開心你就拍拍手

如果你很開心你就跺跺腳
如果你很開心你就跺跺腳
如果你很開心而且很想表達出來
如果你很開心你就跺跺腳

如果你很開心你就喊：hooray
如果你很開心你就喊：hooray
如果你很開心而且很想表達出來
如果你很開心你就喊：hooray

如果你很開心你就做（之前）三個動作
如果你很開心你就做（之前）三個動作
如果你很開心而且很想表達出來
如果你很開心你就做（之前）三個動作

推薦理由

本歌曲有很多加長版本，倒是基本上曲調是一直重複就 ok。延長的部分，有可能是增加摸摸頭、搔搔癢、摸腳趾……創意無窮！

在台灣也有中文版，旋律完全相同，歌詞如下：
你很高興你就拍拍手、
你很高興你就拍拍手、
大家一起唱呀大家一起跳啊～
你高興你就拍拍手拍拍手！

然後拍拍手的部分，歌詞可以換成：**說哈囉、跺跺腳、轉一圈、摸鼻子……**

通常這首歌是用在很多孩子的場合，但是其實家庭聚會、朋友聚會，若孩子多時，也可以換唱**英文版本**，讓孩子學英語玩遊戲，另有一種感受。

孩子學得到的單字

happy	開心的
clap	拍手
really want to	真的想
stomp	跺腳
feet	腳 (foot 的複數)
shout	大叫

網路示範

可愛的偶戲示範

Barefoot books 的類繪本動畫版

Mother goose club 的超高人氣示範版

The Bear Went Over the Mountain

類型♪身體謠

原文歌詞

The bear went over the mountain.
The bear went over the mountain.
The bear went over the mountain
To see what he could see.

And all that he could see,
All that he could see
Was the other side of the mountain,
The other side of the mountain.
The other side of the mountain
Was all that he could see.

The bear went over the river.
The bear went over the river.
The bear went over the river
To see what he could see.

And all that he could see,
All that he could see
Was the other side of the river,
The other side of the river.
The other side of the river
Was all that he could see.

The bear went over the meadow.
The bear went over the meadow.
The bear went over the meadow
To see what he could see.

And all that he could see,
All that he could see
Was the other side of the meadow,
The other side of the meadow.
The other side of the meadow
Was all that he could see.

歌詞大意

熊越過了一座山，想去看看
可以看到什麼？
你認為他看到什麼呢？
就是山的另外一邊啊～

熊越過了河流，想去看看它
可以看到什麼？
你認為他看到什麼呢？
就是河流的另外一邊啊～

熊越過了草原，想去看看它
可以看到什麼？
你認為他看到什麼呢？
就是草原的另外一邊啊～

孩子學得到的單字

mountain	山
other side	另一邊
river	河流
meadow	草原

推薦理由

這是一首可以單純唱的童謠，但也有手指謠版。請見示範一，手指謠簡單又有趣，說明如下：

1. The bear went over the mountain. ~ To see what he could see.：坐在地上，**雙腳曲起像小山狀**，然後**兩手當作熊，從身體側往曲高的膝蓋爬上去**。
2. And all that he could see, All that he could see：一手合掌放在眼睛前，做看東西的樣子。
3. Was the other side of the mountain ~ Was all that he could see.：回到第一段，此時假裝是熊的手指，往膝蓋下爬。

這首歌也可以輪換，**把山換成河流、草原、城市**，只是手指謠的部分就要自行發揮了。

兒子長大後重聽此歌，說：
「這不是廢話嗎？**爬到山的另一頭，結果看到的就是山的另一頭**！很無聊耶！」

可是小時候唱這首歌，就不會說無聊，因為當時的世界多天真單純……難道會期待山的另一頭，出現怪獸或大恐龍嗎？

網路示範

 媽媽帶動唱版

 真人演唱

 Baby TV 動畫版，很精美

 可愛動畫版

Teddy Bear, Teddy Bear

類型♪身體謠

原文歌詞

Teddy Bear, Teddy Bear, turn around.
Teddy Bear, Teddy Bear, touch the ground.
Teddy Bear, Teddy Bear, jump up high.
Teddy Bear, Teddy Bear, touch the sky.
Teddy Bear, Teddy Bear, bend down low.
Teddy Bear, Teddy Bear, touch your toes.
Teddy Bear, Teddy Bear, turn off the light.
Teddy Bear, Teddy Bear, say goodnight.

歌詞大意

泰迪熊、泰迪熊，轉一圈。
泰迪熊、泰迪熊，摸地板。
泰迪熊、泰迪熊，跳高高。
泰迪熊、泰迪熊，手伸向天空。
泰迪熊、泰迪熊，彎個腰。
泰迪熊、泰迪熊，摸腳趾。
泰迪熊、泰迪熊，關燈了。
泰迪熊、泰迪熊，睡覺了。

孩子學得到的單字

turn around	轉圈
touch	摸
ground	地面
jump	跳
toes	腳趾

推薦理由

我第一次聽到這首歌，是一群美國女孩用在跳鞦韆，一面念。不過後來發現，也可以當作身體律動謠，帶孩子一起唱跳，做法如下：

1. Teddy Bear, Teddy Bear, turn around.：轉一圈。
2. Teddy Bear, Teddy Bear, touch the ground.：雙手碰地面。
3. Teddy Bear, Teddy Bear, jump up high.：往上跳。
4. Teddy Bear, Teddy Bear, touch the sky.：雙手伸長往天空。
5. Teddy Bear, Teddy Bear, bend down low.：往下蹲下。
6. Teddy Bear, Teddy Bear, touch your toes.：摸摸腳趾。
7. Teddy Bear, Teddy Bear, turn off the light.：做出關燈的動作。
8. Teddy Bear, Teddy Bear, say goodnight.：做出睡覺的動作。

其實這首歌也可以考孩子的記憶，因為每個動作有的有關聯性，讓孩子跟你唱幾遍以後，再讓他自己唱一遍，試試看記不記得？

網路示範

最佳版本：
黑熊阿姨示範

真人示範：
Nina 阿姨唱跳版

滿感人的動畫：
把泰迪傳給孩子

一個小女孩與泰迪熊的故事

Wheels on the Bus

類型♪身體謠

原文歌詞	歌詞大意
The wheels on the bus go round and round, *Round and round, round and round.* *The wheels on the bus go round and round,* *All through the town.*	公車的輪子轉啊轉， 轉啊轉，轉啊轉， 公車的輪子轉啊轉， 穿過了整個城市。
The wipers on the bus go swish swish swish, *Swish swish swish, swish swish swish.* *The wipers on the bus go swish swish swish,* *All through the town.*	公車的雨刷刷刷刷， 刷刷刷，刷啊刷， 公車的雨刷刷啊刷， 穿過了整個城市。
The doors on the bus go open and shut, *Open and shut, open and shut.* *The doors on the bus go open and shut,* *All through the town.*	公車的車門開又關、 開又關、開又關， 公車的車門開又關， 穿過了整個城市。
The driver on the bus goes, "Move on back!" *"Move on back! Move on back!"* *The driver on the bus goes, "Move on back!"* *All through the town.*	公車司機說往後走， 往後走，往後走， 公車的司機說往後走， 穿過了整個城市。
The horn on the bus goes beep beep beep, *Beep beep beep, beep beep beep.* *The horn on the bus goes beep beep beep,* *All through the town.*	公車的喇叭嗶嗶嗶， 嗶嗶嗶，嗶嗶嗶， 公車的喇叭嗶嗶嗶， 穿過了整個城市。
The babies on the bus go wah wah wah, *Wah wah wah, wah wah wah.* *The babies on the bus go wah wah wah,* *All through the town.*	公車上的寶寶說哇哇哇， 哇哇哇，哇哇哇， 公車上的寶寶哇哇哇， 穿過了整個城市。
The mommy on the bus goes shh shh shh, *Shh shh shh, shh shh shh.* *The mommy on the bus goes shh shh shh,* *All through the town.*	公車上的媽媽說噓噓噓， 噓噓噓，噓噓噓， 公車上的媽媽說噓噓噓， 穿過了整個城市。
The wheels on the bus go round and round, *Round and round, round and round.* *The wheels on the bus go round and round,* *All through the town.*	

孩子學得到的單字

wheel	車輪
wiper	雨刷
driver	司機
horn	喇叭

推薦理由

小孩子，尤其是小男孩，在小時候多半很喜歡公車，記得我小時候也很喜歡公車，當時志願是**長大後要當車掌小姐！**（可以吹口哨與賣票），只是這職業早就消失了，只剩司機一人，連賣票都不用，乘客自己刷悠遊卡就好了。

不過，這首童謠依舊人人喜愛，因為公車上的場景，活潑有趣，**一面唱可以一面跳，還有不同的聲音可以模仿**，孩子都很喜歡。

歌詞配動作大致說明如下：

❶ The wheels on the bus go round and round：雙手畫圈當作車輪在轉。

❷ The wipers on the bus go swish swish swish：手臂直立，學雨刷左右晃動。

❸ The driver on the bus goes, "Move on back!"：手舉起往後揮，請乘客移動。

❹ The horn on the bus goes beep beep beep,：手做出按方向盤喇叭的動作。

❺ The babies on the bus go wah wah wah,：可裝出哭泣的動作，兩嘴喊哇哇哇。

❻ The mommy on the bus goes shh shh shh：一隻指頭擺嘴前，做出「噓」的動作。

網路示範

Jessica 阿姨的單人精采示範

Mother Goose Club Playhouse 的多人示範版，值得一看

Matt 叔叔的示範，曲調有一點不同

23

PHYME AND CHANTS

The More We Get Together

類型♪身體謠（手語歌曲）

原文歌詞

The more we get together, together, together.

The more we get together, the happier we'll be.

Cause your friends are my friends,

And my friends are your friends,

The more we get together, the happier we'll be.

歌詞大意

當我們在一起，人越多愈開心，
（重複）
因為你的朋友就是我的朋友，
我的朋友就是你的朋友，
當我們同在一起，人愈多愈開心！

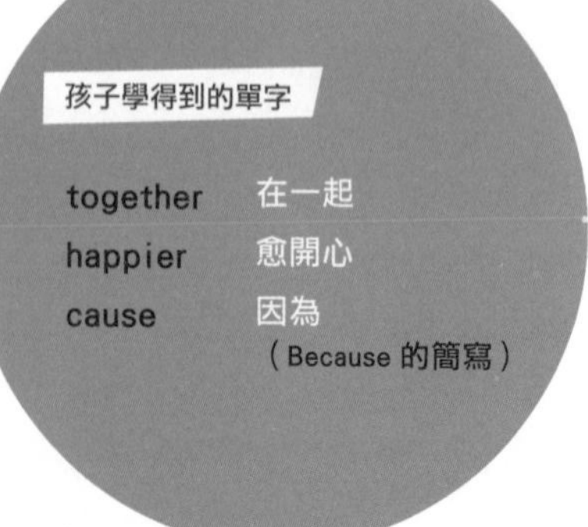

孩子學得到的單字

together	在一起
happier	愈開心
cause	因為（Because 的簡寫）

推薦理由

手語歌也是與孩子互動的好工具，本首歌就是讓孩子了解手語的好案例。

其實這首歌我第一次看到手語版，是在大學時代參加團康訓練，當時輔導員教我們就讓我印象深刻。**本歌算是晚會開場的暖場兼破冰歌曲，因為手語歌可以應用到許多地方**，連流行歌曲也可以拿來改編應用，所以許多團康都會教手語歌。

本歌可以學到幾個很不錯的手語：

---

1. more：兩手手指相聚，如小雞啄米狀。
2. together：兩手比讚、靠在一起。
3. happy：手掌在胸前上下舞動。
4. friend：兩手食指上下交扣。

網路上有許多優秀的手語示範如下，帶著孩子一面唱一面比吧！

網路示範

兩位圖書館員用美國手語示範

Mr. Mike 的手語歌示範

Barney 的影片，也是很經典

24

PHYME AND CHANTS

London Bridge Is Falling Down

類型♪遊戲謠

原文歌詞

London Bridge is falling down,
Falling down, falling down.
London Bridge is falling down,
My fair lady.

Take a key and lock her up,
Lock her up, Lock her up.
Take a key and lock her up,
My fair lady.

Build it up with silver and gold,
Silver and gold, silver and gold.
Build it up with silver and gold,
My fair lady.

London Bridge is falling down,
Falling down, falling down.
London Bridge is falling down,
My fair lady.

歌詞大意

倫敦鐵橋垮下來、垮下來、
垮下來，
倫敦鐵橋垮下來，
我親愛的小姐。

拿把鑰匙將她鎖起來、鎖起
來、鎖起來，
拿把鑰匙將她鎖起來，
我親愛的小姐。

用銀和金建造它、銀和金、
銀和金，
用銀和金建造它，
我親愛的小姐。

孩子學得到的單字

bridge	橋
falling down	落下
fair lady	美麗的小姐
key	鑰匙
lock	鎖上
silver and gold	銀與金

推薦理由

這是一首知名且可以玩的童謠。台灣也有類似的遊戲謠：

城門城門雞蛋糕，三十六把刀
騎白馬，帶把刀，
走進城門滑一跤！

互動如下：

❶ London Bridge is falling down, ~ London Bridge is falling down,：由兩人雙手高舉變成塔橋，其他孩子輪流排隊從塔橋下鑽過。
❷ 唱到 My fair lady，搭橋的人手就往下，圈住一個孩子。
❸ 換圈住的人搭其中一個橋，大家繼續唱歌。或是不要換人，一直玩下去就好！

台灣最近颳起家庭露營風，看到有家長帶孩子去露營還把電視或投影機也帶去，讓孩子晚上聚起來看電影。其實到戶外，**3C 放家裡就好，本書中有許多遊戲謠可以讓孩子們同樂**，在大自然一起跑跑跳跳唱唱歌，不是更好？

網路示範

 真人示範玩法

 動畫的延長版本

25

PHYME AND CHANTS

Skip To My Lou

類型♪遊戲謠

原文歌詞

Lost my partner what'll I do,
Lost my partner what'll I do,
Lost my partner what'll I do,
Skip to my Lou my darling,
Skip, skip, skip to my Lou,
Skip, skip, skip to my Lou,
Skip, skip, skip to my Lou,
Skip to my Lou my darling.

I'll find another a better one too,
I'll find another a better one too,
I'll find another a better one too.
Skip to my Lou my darling,
Skip, skip, skip to my Lou,
Skip, skip, skip to my Lou,
Skip, skip, skip to my Lou,
Skip to my Lou my darling.

Fly in the buttermilk,
Shoo fly shoo.
Fly in the buttermilk,
Shoo fly shoo.
Fly in the buttermilk,
Shoo fly shoo.
Skip to my Lou my darling,
Skip, skip, skip to my Lou,
Skip, skip, skip to my Lou,
Skip, skip, skip to my Lou,
Skip to my Lou my darling.

歌詞大意

失去了伴侶，我該怎麼辦？
（重複三遍）
跳到我的 Lou 裡來，親愛的
Lou Lou，跳著我的 Lou
（也唱三遍）

我要找另一個，一個更好的
（夥伴）
跳到我的 Lou 裡來，親愛的
Lou Lou，跳著我的 Lou
（也唱三遍）

在酪乳裡飛，走開蒼蠅走開
（唱三遍）
跳到我的 Lou 裡來，親愛的
（也唱三遍）

孩子學得到的單字

partner	伴侶、夥伴
skip	跑跳步
darling	親愛的
another	另一個人
better	更好的
fly	蒼蠅
buttermilk	酪乳、白脫牛奶 是牛奶製成牛油之後剩餘的液體，有酸味

推薦理由

這首歌曲在早期美國電影《火樹銀花》（*From Meet Me in St. Louis*）有出現過，由知名女星 Judy Garland（電影《綠野仙蹤》的女主角）與一群盛裝男女又唱又跳，十分好看。有興趣可以打關鍵字去 Youtube 找。

本歌曲也很適合孩子一起跳舞，**skip 是一種跑跳步，本歌很適合幼兒做大肢體運動練習**。跳法如下：

❶ Lost my partner what'll I do：這要重複三次，可以把兩手一攤，左看右看（找不到舞伴的意思）。

❷ Skip to my Lou my darling：開始一人跪著，一人繞跪著的人轉圈圈。

❸ Skip, skip, skip to my Lou：跑跳步繞圈圈，可以邊繞邊拍手。下一段找更好的舞伴，就是左看右看，找人的意思。

❹ Fly in the buttermilk：兩手張開舞動，做蒼蠅飛舞的樣子。

❺ Shoo fly shoo：雙手往外揮，做出趕蒼蠅的樣子。
接下來繼續跑跳步繞圈圈。

這也是**很適合十人以內的小型兒童團康活動**，歌曲簡單又容易琅琅上口，不妨與孩子試試看吧？

網路示範

可愛孩童示範版

三個女孩唱跳版

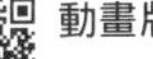
動畫版

這是我與孩子常聽的芝麻街純音樂版

26

PHYME AND CHANTS

The Farmer in the Dell

類型♪遊戲謠（圍圈圈拉人遊戲）

原文歌詞

The farmer in the dell,
The farmer in the dell.
Hi-ho the derry oh,
The farmer in the dell.

The farmer takes a wife,
The farmer takes a wife.
Hi-ho the derry oh,
The farmer takes a wife.

The wife takes a child,
The wife takes a child.
Hi-ho the derry oh,
The wife takes a child.

The child takes a dog,
The child takes a dog.
Hi-ho the derry oh,
The child takes a dog.

The dog takes a cat,
The dog takes a cat.
Hi-ho the derry oh,
The dog takes a cat.

The cat takes a rat,
The cat takes a rat.
Hi-ho the derry oh,
The cat takes a rat.

The rat takes the cheese,
The rat takes the cheese.
Hi-ho the derry oh,
The rat takes the cheese.

The cheese stands alone,
The cheese stands alone.
Hi-ho the derry oh,
The cheese stands alone.

歌詞大意

農夫在小溪谷（兩遍）
嗨噢……
農夫在小溪谷

農夫選了一個妻子（兩遍）
嗨噢……
農夫娶了一個妻子

妻子選了一個小孩（兩遍）
嗨噢……
妻子選了一個小孩

小孩選了一條狗（兩遍）
嗨噢……
小孩選了一條狗

狗選了一隻貓（兩遍）
嗨噢……
狗選了一隻貓

貓選了一隻老鼠（兩遍）
嗨噢……
貓選了一隻老鼠

老鼠選了一塊乳酪（兩遍）
嗨噢……
老鼠選了一塊乳酪

那個乳酪自己一個（兩遍）
嗨噢……
那個乳酪自己一個

推薦理由

本來是一首德國歌謠，後來跟隨移民者到了美國。這一首**很適合玩繞圈圈遊戲團康**。

玩法如下：

1. 先選一人站中間，當作農夫，其他人手拉手繞一個大圈圈。
2. 中間的農夫選圈中一人，當農夫太太，一起站在中間陪他。
3. 接下來太太選小孩、小孩選狗、狗選貓……依此類推。
4. 選到 cheese，其他中間的人可以回到圓圈隊伍，只剩 cheese 自己站中間，然後當作新一輪的農夫！再玩一次。

如果不玩遊戲，也可以純唱歌，然後練習個人物出現順序，看看孩子的記憶力如何？因為人物出現是有相關的，如農夫 => 妻子 = 孩子 => 小狗 => 小貓 => 老鼠 => 乳酪。讓孩子練習邏輯思考，順便練英文，很不錯喔！

孩子學得到的單字

farmer	農夫
wife	妻子
child	孩子

網路示範

小孩子玩遊戲示範版

真人唱跳版

美國農夫真人演出

27

PHYME AND CHANTS

Old McDonald Had a Farm

類型♪動物叫聲童謠

原文歌詞

Old MacDonald had a farm,
E-I-E-I-O!
And on that farm he had a cow,
E-I-E-I-O!
With a moo moo here and a moo moo there,
Here a moo, there a moo, everywhere a moo moo.
Old MacDonald had a farm,
E-I-E-I-O!

Old MacDonald had a farm,
E-I-E-I-O!
And on that farm he had a duck,
E-I-E-I-O!
With an quack quack here and an quack quack there,
Here an quack, there an quack, everywhere a quack quack.
Old MacDonald had a farm,
E-I-E-I-O!

Old MacDonald had a farm,
E-I-E-I-O!
And on that farm he had a horse,
E-I-E-I-O!
With a neigh neigh here and a neigh neigh there,
Here a neigh, there a neigh, everywhere a neigh neigh.
Old MacDonald had a farm,
E-I-E-I-O!

Old MacDonald had a farm,
E-I-E-I-O!
And on that farm he had a pig,
E-I-E-I-O!
With an oink oink here and an oink oink there,
Here an oink, there an oink,
everywhere an oink oink.
Old MacDonald had a farm,
E-I-E-I-O!

孩子學得到的單字

cow 乳牛
duck 鴨子
quack 鴨子叫聲

Old MacDonald had a farm,
E-I-E-I-O!

歌詞大意

老麥當勞有塊地，
伊呀伊呀喲！
他在田裡養牛乳呀，
伊呀伊呀喲！
這裡哞哞哞，
那裡哞哞哞，
這裡哞、那裡哞，
到處都在哞哞哞。
老麥當勞有塊地，
伊呀伊呀喲！

＊接下來改變動物：
牛可改成「狗」、「貓」、「羊」、「馬」、「豬」、「小雞」……

推薦理由

這應該是**最有名的農場歌曲**！而且因為「麥當勞」（速食店）也出現在歌詞裡，所以真正是家喻戶曉！

這也可以玩分組活動，首先將孩子們分五到六人一組，分別站幾排，然後教唱本首歌。規則如下：

全體夥伴一起唱歌，當唱到 on that farm he had a cow, E-I-E-I-O! 時，**帶領者用手趕快指定一組孩子，被點到的組必須模仿乳牛，做出乳牛的動作，並同時唱出「moo～」**的歌詞，然後輪流到唱完為止。

網路示範

超受歡迎的動畫版

Mother goose play house
的團隊，總不會讓人失望

SONGS

CHAPTER 2

唱過的，一輩子不忘記

2. 唱歌學英語

本章選的歌曲，與第一章的手指謠、動作謠不同，這裡選的純粹是「唱歌學英語」。而且最棒的是，全部的歌曲都能在YouTube 中找到，有些是官方頻道上且十分適合教育的音樂（如英文字母歌 *Alphabet song*、英文發音歌 *Phonic Song*）、或是好聽的歌曲（如 *Home on the Range* 等等）。

記得我在國中、高中時期，學英語的過程中最開心的時刻，就是老師帶我們去視聽教室去「聽歌學英語」。當時我學了好多西洋鄉村歌曲，如 *Edelweiss*、*Take Me Home Country road*、*Yesterday Once More*、*Born Free*……三十多年過去了，到現在高中英語課本長什麼樣子？課文教過什麼？我早就忘光光了！可是唱過的歌曲，永遠都刻在心中。

這裡選的歌有些比較實用性、教學性的，如前幾首的英文字母歌、發音歌、星期歌、月份歌，還有比較少見但實用的相反詞歌、太陽系星球名稱歌。這些都是孩子初學英語實用的工具，請家長老師務必讓孩子不時聽一聽，配合 Youtube 官頻上的各種教學範例影片，學習起來必有事半功倍的效果。

後面幾首，我選的是**旋律優美、可愛難忘的童謠與民謠**。這些歌曲傳唱已久，聽過一次就很難忘記，用這些歌謠學英語，不但怡情養性，也更了解英美的風土民情，兼具實用性與藝術性！

還有，我鼓勵家長與孩子一起唱，因為**獨唱是寂寞的，合唱是熱情的**。家長願意與孩子同唱，孩子將會有被愛、被陪伴的溫暖感受！請務必與孩子一起學習、一起同樂！

28

SONGS

Alphabet Song

類型♫英文二十六個字母的學習歌

原文歌詞

A B C D E F G

H I J K L M N O P

Q R S T U V

W X Y and Z

Now I know my ABC's,

Next time won't you sing with me?

A PPLE

孩子學得到的單字

next time 下一次

sing with 一起唱

歌詞大意

介紹英文二十六個字母的英語歌謠。

推薦理由

ABC 字母歌的唱法有很多版本，但是這裡選出最基本的幾首，請孩子一定要能多聽幾次，琅琅上口。

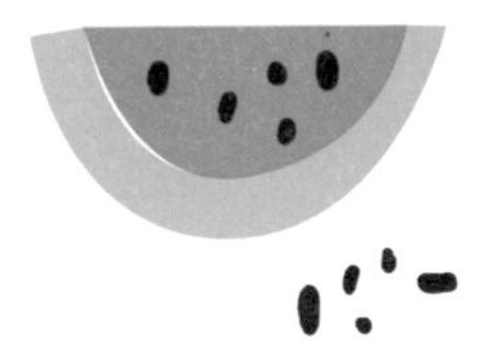

以前我在美國中文學校兒童班教書時，上課前也是先放ㄅㄆㄇ的歌曲，一連放好幾遍，等孩子都到齊也坐定位了，才開始正式上課。我還錄製了 CD 給家長，請他們有空就放給孩子聽。接下來對照教室掛圖，孩子學注音符號果然快很多！

其實學英文字母也是一樣的道理！**除了家中多放 ABC 對照掛圖，也要常常與孩子唱這首歌曲。**

美國地方大，有時連買菜都要開車一、兩個小時。所以**我車上常常放許多好歌**，中文的是注音符號歌，英文的則是各種童謠，孩子都聽到耳熟能詳了！**這種唱歌學語文，真是不用花錢又開心。**

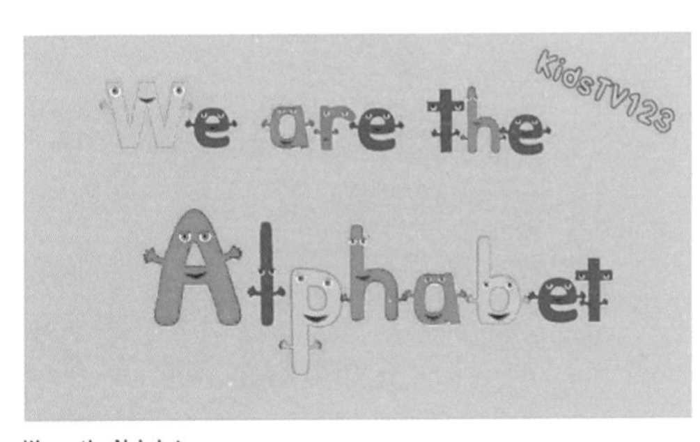

We are the Alphabet

觀看次數：1.1億次 11 年前

網路示範

 簡易動畫版 ABC

 3D 動畫版字母歌

Phonics Song

29

SONGS

類型♫英文字母發音的學習歌

原文歌詞

A B C D E F G

H I J K L M N O P

Q R S T U V

W X Y and Z

（其中以許多單字來介紹發音）

YouTube TW　搜尋

Phonics Song

Phonics Song

觀看次數：3.8億次 12 年前

網路示範

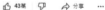

超過 3.8 億人觀賞過的
Phonic song，好威！

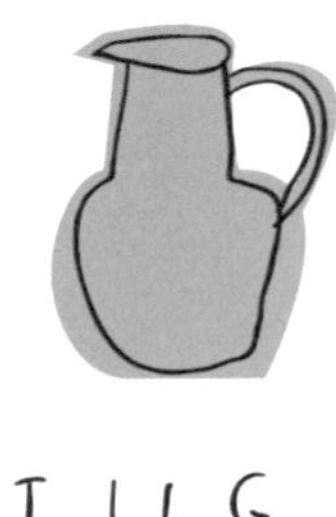

J U G

推薦理由

學 phonics，即所謂的**自然發音法**，是美國人教學齡小朋友學習閱讀（reading）及拼寫（spelling）的工具，也是教導已能聽、能講英語的小朋友，把腦中的語音化作文字，學會了這些技巧，學習生字時很容易掌握發音。

在台灣，近年來自然發音法很盛行，主要是因為兒童英語補習班十分流行。其實，從學習語言的角度，愈早開始聽愈好！因為兒童階段「模仿力」、「記憶力」都強，此時**若能布置一個好的英語環境，讓孩子多聽、打造語感，學習 phonics 成功的機率將提高，更可奠定良好的英語發音基礎**。

我家老大在美國長大，也是學自然發音法，所以當他回台灣讀國中，看不懂 KK 音標，也不懂為何要學 KK 音標？其實是因為**他腦中已有足夠英語的詞彙，看到英文字很自然就會發音**！但是在台灣長大的孩子，要學此法發音，就比較受侷限；不論如何，**建議讓孩子多聽、多唱，不論如何學發音，一定會有助益！**

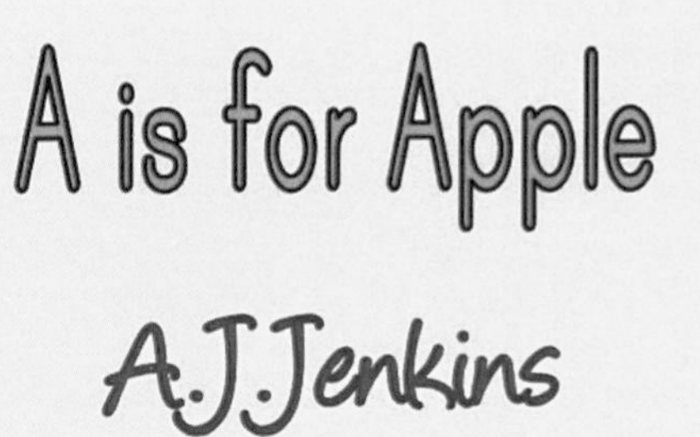

Phonics Song 2

觀看次數：7.8億次 13 年前

同一系列的 Phonic song，
超過 7.8 億人欣賞，更猛！

30

SONGS

Numbers Song

類型♫英文數字念法的學習歌

原文歌詞（捷克大叔版）

Count to 100 everyday,
Keep your mind and body in shape,
Let's get fit/have some fun,
Count to 100 by 1's.
Get ready to exercise and count,
1 Stretch your arms,
1 2 3 4 5 6 7 8 9 10,
2 Stretch your legs,
11 12 13 14 15 16 17 18 19 20,
3 Pump each arm up,
21 22 23 24 25 26 27 28 29 30,
4 Do arm circles,
31 32 33 34 35 36 37 38 39 40,
5 Shoulder shrugs,
41 42 43 44 45 46 47 48 49 50,
6 Pump elbows back,
51 52 53 54 55 56 57 58 59 60,
7 Do windmills,
61 62 63 64 65 66 67 68 69 70,
8 Walk in place,
71 72 73 74 75 76 77 78 79 80,
9 Jog in place,
81 82 83 84 85 86 87 88 89 90,
10 Clap up high,
91 92 93 94 95 96 97 98 99 100,
Count to 100 everyday,
Keep your mind and body in shape,
Let's get fit/have some fun,
Count to 100 by 1's.

推薦理由

關於英文數字的念法，有的家長以為很簡單，但事實上超過一到十就不那麼容易了！因為十一到十九，就有變化出現，如：

十一：Eleven
十二：twelve
十三到十九，比較規則，是字尾加上 teen。而每個十，如二十、三十、四十，則是字尾加上 ty。

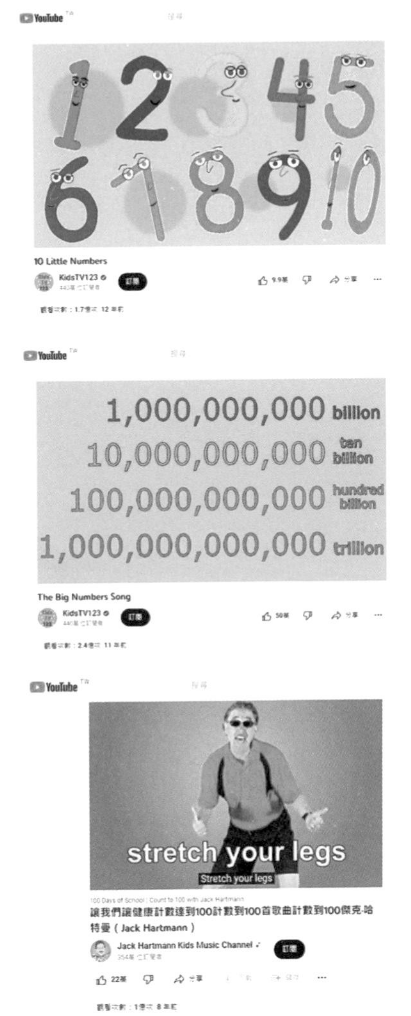

關於數字，**建議讓孩子很小的時候先學一到十的念法，等到熟了要不知不覺導入十一到二十的念法**，用唱的會比較容易記住。

此外，在唱的同時，最好搭配數字的閃卡，讓孩子在腦中自動做連結。或是唱唱歌，有空時就玩找閃卡的遊戲，如大人念：「Eleven」，孩子就要找出「十一」這張卡片！

記住：**不用太嚴肅，等車、排隊有空的時候，就和孩子唱唱數字歌、字母歌。把握小空檔，既可提升親子關係**，又能加深外語能力！

網路示範

 基本版，1 數到 10

 進階版：1 數到 100

 搖滾版的捷克大叔帶你數到 100 ！還可以一面健身喔！

The Shapes Song

類型♫關於英語「各種形狀」的念法學習歌

31

SONGS

原文歌詞

Circle、square、rectangle

triangle、oval、heart

孩子學得到的單字

circle	圓形
square	正方形
rectangle	長方形
triangle	三角形
oval	橢圓形
star	星形
heart	心形

推薦理由

學英語，基本的字彙如以下幾個入門：

學字母／學數字／學各種形狀／學各種顏色

以上四類，都是美國幼兒園及小一的學習重點。

我家孩子在美國讀幼兒園時，每次進到教室，我都會看到牆壁上貼滿了以上四個主題的海報，透明資料卡也是如此，家長可以見第五章的圖片範例，**將家中書房或小孩房加入教學布置掛圖、插卡，同時配合這裡列出的歌曲，讓孩子除了看的到，也聽得到，學習會事半功倍。**

其實形狀還有很多進階版，如：

五角形 pentagon　六角形 hexagon　七角形 heptagon

八角形 octagon　梯形 trapezoid　菱形 diamond

平行四邊形 parallelogram

以及**立體形狀**的重要字彙：

正立方體 cube　四角錐 pyramid　三角錐 cone

圓柱 cylinder　球體 sphere / globe　圓頂 dome

這些也可以自製閃卡或掛圖。記得去第五章看看說明喔！

網路示範

形狀教學基本版，
簡易動畫

形狀教學變化版，
也是動畫

Color Song

32

SONGS

類型♫英文各種顏色説法的學習歌

原文歌詞

Red, Orange, Yellow,

Green, Blue, Black,

White, Brown, Pink, Purple!

孩子學得到的單字

red	紅色
orange	橘色
yellow	黃色
green	綠色
blue	藍色
black	黑色
white	白色
brown	棕色
pink	粉紅色
purple	紫色

歌詞大意

把各種顏色唱一遍！

推薦理由

我在形狀歌時曾說過：「顏色」是美國幼兒園學習的重點。不過，在美國因為墨西哥裔人數眾多，所以**西班牙語，是他們重要的第二語言**（類似台語在台灣）。

在此也特別列出西班牙語的各種顏色，如果有興趣別忘了一起學，將來若去美國讀書或旅遊，會很有用。

西班牙語的各種顏色：

rojo 紅色　　**rosa 粉紅色**
naranja 橙色　　**blanco 白色**
amarillo 黃色　　**negro 黑色**
verde 綠色　　**gris 灰色**
azul 藍色　　**celeste 淺藍**

網路上有非常多的歌曲在教孩子認顏色學單字，其中有下列小車子立體動畫，有兩千萬人看過！讓我十分驚奇……家有男孩的，記得一定要早點給他看看。有時候幼兒時期愛車子，長大了興趣會改變（也許就變成愛足球與愛棒球、籃球之類的）。趁孩子還喜歡這些可愛動畫時，早點來邊聽邊學吧！

網路示範

 3D 動畫版以車子示範

 2D 動畫基本版

Days of the Week Song

33

SONGS

類型♫一星期七天說法的學習歌

原文歌詞

Sunday, Monday, Tuesday, Wednesday,
Thursday, Friday, Saturday.

(Repeat)

These are the days of the week, seven days of the week
Today's name is ______________

(day of the week)

It will be a fun day,
We can sing and learn to say,
Today's name is ______________

(day of the week)

(Repeat Days of the Week)

Let's all have a great week!

歌詞大意

介紹星期一到星期日的英語歌謠。

孩子學得到的單字

Monday	星期一
Tuesday	星期二
Wednesday	星期三
Thursday	星期四
Friday	星期五
Saturday	星期六
Sunday	星期日

推薦理由

在台灣學中文的月份與星期都很簡單，因為就是依照數字一、二、三這樣排下去，不過學英語的月份與星期就不是那樣了，這兩樣並非依數字順序，困難許多。

以前我在美國時認識一位日本醫生小林愛子，在一次閒聊當中，她驚訝的發現：原來中文的星期是用一、二、三、四、五、六、日去排的！我想：這有什麼好驚訝的呢？原來，日本也不是用數字去排星期日期，而是用：

星期一／月曜日　**星期二／火曜日**
星期三／水曜日　**星期四／木曜日**
星期五／金曜日　**星期六／土曜日**
星期天／日曜日

英文的星期名稱，多半取自盎格魯薩克遜人的神話，其中週四（Thursday）和週五（Friday）的名稱來自神祇雷神索爾（Thor）和弗蕾亞（Freyja），只有週六（Saturday）則是取自羅馬的神：薩圖爾努斯（Saturn）。這樣想來，**好像學中文終於有簡單的時候了**……用數字排星期，比用神的名字要來的好學、簡單多了！

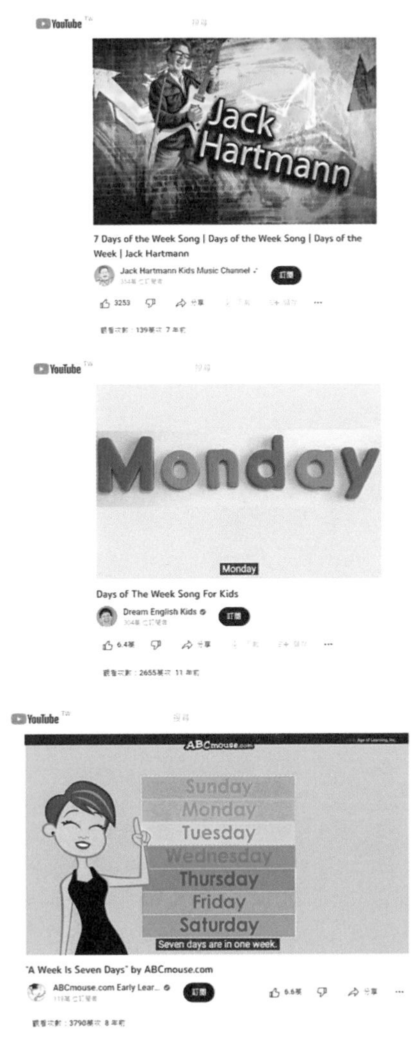

網路示範

Jack Hartmann
叔叔的教唱版

Dream English song by
Matt R.

這是比較多單字與說明的版本，
孩子可以挑戰看看

Months of the Year Song

34

SONGS

類型♫學習謠

原文歌詞

January, February, March, April,

May, June, July, August, September,

October, November, December!

歌詞大意

1～12月的英語說法。

推薦理由

關於月份，中文比較簡單就是一月數到十二月，但是英文為何這麼複雜呢？其實有原因的。也許孩子不懂，但是家長可以先了解，以後有機會解釋給孩子聽！

一月 January：January 是取自 Janus，是古羅馬門神，他有兩個臉，可看前又看後，所以代表了「開始」與「結束」。January 取自 Janus 之名，表示一月是期待新的希望，更緬懷過去的月份。

二月 February：February 之取自羅馬節日「Februa」，是清潔日（cleaning day），代表贖罪和淨化，因為漫長冬季在二月即將結束，人們要在這個時期清掃、淨化。

三月 March：取自羅馬戰神 Mars，一位雄偉無敵的神，因為在三月裡常風強雨大，時常出現雷光閃電，大地復甦，所以用戰神之名來命名。

四月 April：可能是從拉丁文「Aperiri」而來，Aperiri 意指「打開」；四月天朗雨豐、草木向榮，真正的春天開始。

五月 May：可能是取自女神美雅（Goddess Maia），這位女神也是田野女神，專職掌繁殖和生長，代表五月是萬物生長的重要月份。

六月 June：源自宙斯（Zeus）的皇后朱諾（Juno）得名，Juno 是婚姻的保護神，專門保護結婚婦女，而古羅馬人認為六月是結婚的好月分。

七月 July：July 源於羅馬皇帝凱撒（Julius Caesar）之名，羅馬古曆法以 March 為一年的開端，July 是第五個月；到了凱撒修改曆法，將一年的開始訂為 January，July 變為第七個月。

八月 August：凱撒大帝養子奧古斯都（Augustus）繼承王位，他原名叫屋大維（Octavius），歷史學家通常以他頭銜「奧古斯都」（有神聖、至尊的意思）來稱呼他，他也學凱撒將自己的幸運月以他的封號命名。

九月 September：September 源自拉丁文 septem（=seven）。古羅馬人以前只把一年分為十個月，March 是一月，September 是七月，後來凱撒修改曆法加了 January、February，September 往後移兩位變成了九月。

十月 October：字首 octo 是拉丁文「八」的意思。同上，在古羅馬曆法中它是第八個月，修改曆法後 October 才成為十月。

十一月 November：字首 novem 拉丁文意為「九」，變成十一月的原因和 September、October 相同。

十二月 December：字首 decem 在拉丁文意為「十」，變成十二月的原因和 September、October、November 相同。

網路示範

每月單字的簡易歌曲版
（4 千萬人觀看）

Matt 叔叔的
動感音樂版

35

SONGS

The Animal Sounds Song

類型  學習動物叫聲的教學歌

原文歌詞

見推薦理由所介紹的各種叫聲

推薦理由

我的孩子在美國上學時，會問我：美國的狗是 woof woof 叫，台灣不是嗎？因為講故事時，我都跟他說：狗兒汪汪叫。汪汪與 woof woof，還是不大一樣的。

中文與英文的動物叫聲，有些需要比較與學習，有一個我印象很深的，就是**公雞叫**。台灣的公雞叫聲，多半是：咯！咯咯！但是我在美國看兒童劇時，發現他們的公雞是這樣叫的：

Cock-a-doodle-doo!

真是好傳神啊！ 在此也推薦 Eric Carle 有一本繪本叫 *Polar Bear, Polar Bear, What Do You Hear?* 裡面有許多有關動物叫聲的單字，可以參考。

以下介紹一些常見的英語動物叫聲：

donkey—heehaw（驢）
dog—woof（狗）
cat—meow（貓）
snake—hiss（蛇）
horse—neigh（馬）
lion—roar（獅子）
bird—tweet（鳥）
cow—moo（牛）
frog—croak（蛙）
mouse—squeak（鼠）
sheep—baa（羊）
pig—oink（豬）
duck—quack（鴨）
bee—buzz（蜜蜂）
turkey—gobble（火雞）

YouTube

The Animal Sounds Song

KidsTV123 訂閱

觀看次數：4.2億次 12 年前

YouTube

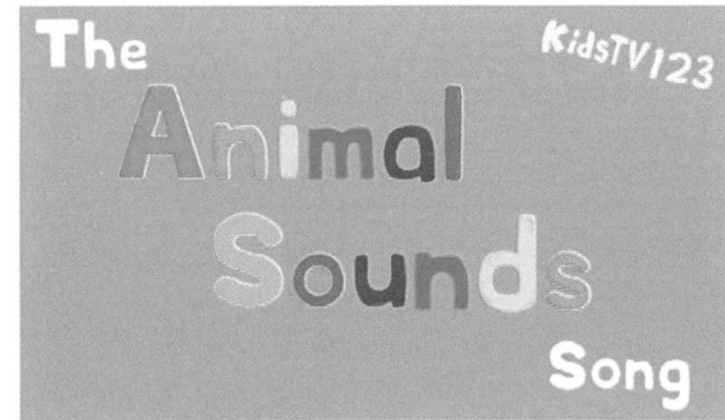

The Animal Sounds Song (new version)

KidsTV123 訂閱
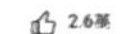

觀看次數：2001萬次 6 年前

網路示範

4.3 億人看過的動畫版！

同一頻道的最新版本

36

SONGS

The Solar System Song

類型♫學習太陽系八大行星名稱的歌曲

原文歌詞

Mercury, Venus, Earth, Mars,
Jupiter, Saturn, Uranus, Neptune.

推薦理由

曾聽一個朋友分享，學「太陽系行星」（以前有九大，現在是八大，最遠的冥王星被除名了）的順序有一個口訣：

My very educated mother just served us nine pies.
（中譯：我受過高等教育的媽媽，剛剛端給我們九個派）

因為這幾個字的第一個字母是各行星名稱的第一個字母，依照離太陽最近到最遠的順序排列。

八大行星是用羅馬神話裡的眾神名字來命名的，說明如下：

一、My = Mercury 水星，這個字同時也有「**水銀**」的意思，在羅馬神話裡 Mercury 是個信差，也是天帝宙斯的私生子之一。

二、Very = Venus 金星，是**愛神維納斯**的名字。

三、Educated = Earth 地球，又叫「**藍色星球**」（the blue planet），地球是從太陽數過來的第三個行星，也是我們所有人類的故鄉，有白雲，有藍海，人類要好好珍惜它。

四、Mother = Mars 火星，也是**神話中的戰神**，火星又稱「紅色星球」（the red planet）。

五、Just = Jupiter 木星，是**羅馬神話天帝宙斯**（Zeus）的名字。

六、Served = Saturn 土星，也是通用汽車（GM）一款車子的名字，**Saturn 在神話中是宙斯的爸爸**。

七、Us = Uranus 天王星，為何要譯為「天王」呢？是因為 **Uranus 在神話裡是宙斯的爺爺！**

八、Nine = Neptune 海王星，Neptune 就是神話中的**海神波希頓**。

九、已被除名的第九行星，Pizza = Pluto 冥王星，Pluto 在羅馬神話裡就是管死後世界的冥府之神。

美國在國小會教自然科學，太陽系名稱也是學習的重點。有了這首歌，孩子學起來會如虎添翼！

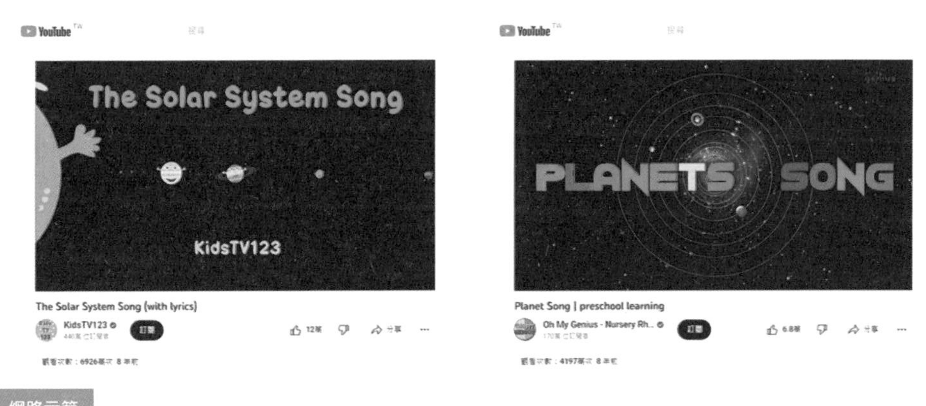

基礎動畫版

兩分鐘解釋很清楚的電腦動畫版

The Opposites Song

類型♫學習反義詞的英語教學歌曲

37

SONGS

推薦理由

反義詞，在中文很常見，在英文中也是學習的重點，如：
Big & small，short & tall，
narrow & wild，heavy & light，
Good & bad，happy & sad，
open & close，yes & no，
Fast & slow，young & old，
empty & full，push and pull，
Hard & soft，on & off，
short & long，weak & strong，
Laugh & cry，wet & dry，
hot & cold，new & old，
Left & right，
day & night，in & out……

建議大家讓孩子看看第一個示範影片，裡面列出好多好多英語的反義詞，而且配圖十分清楚！不用解釋太多，多唱幾次、多看幾次，孩子自然能心領神會喔！

網路示範

YouTube TW

The Opposites Song

KidsTV123

4.2萬 分享

觀看次數：2447萬次 8 年前

2D 簡易動畫版，這也是我看過的最佳版本，單字量超多！

YouTube TW

The Opposites Song ~ Antonyms ~ 110 words ~ LEARN ENGLISH Vocabulary

Natural English

觀看次數：1578萬次 8 年前

真實照片對照版

B-I-N-G-O

類型♫遊戲謠

原文歌詞

There was a farmer had a dog,
And Bingo was his name-o.
B-I-N-G-O, B-I-N-G-O, B-I-N-G-O,
And Bingo was his name-o.

There was a farmer had a dog,
And Bingo was his name-o.
**-I-N-G-O, *-I-N-G-O, *-I-N-G-O,*
And Bingo was his name-o.

There was a farmer had a dog,
And Bingo was his name-o.
**-*-N-G-O, *-*-N-G-O, *-*-N-G-O,*
And Bingo was his name-o.

There was a farmer had a dog,
And Bingo was his name-o.
**-*-*-G-O, *-*-*-G-O, *-*-*-G-O,*
And Bingo was his name-o.

There was a farmer had a dog,
And Bingo was his name-o.
**-*-*-*-O, *-*-*-*-O, *-*-*-*-O,*
And Bingo was his name-o.

There was a farmer had a dog,
And Bingo was his name-o.
**-*-*-*-*, *-*-*-*-*, *-*-*-*-*,*
And Bingo was his name-o.

歌詞大意

有一個農夫，他的狗名叫
BINGO（拼法念三遍）
BINGO 就是他的名字！
（以下重複但拼法有變化）

孩子學得到的單字

farmer	農夫
dog	狗
name	名字

推薦理由

這是**一首很有趣的遊戲歌**，我在車上常與孩子們一起唱、一起玩。這首歌好玩的地方，就是在單純的歌詞與曲調下，其實是可以玩遊戲的，就是**拼字遊戲**。遊戲是本歌必須唱五遍（或六遍），第一遍就是把狗的名字完全拼出來：
B-I-N-G-O, B-I-N-G-O, B-I-N-G-O

第二次，回到重頭，等要拼狗的名字時，就要少拼第一個單字，變成：
*-I-N-G-O, *-I-N-G-O, *-I-N-G-O,
（特別說明：這裡的 * 號，可以用停頓不發音、或是用拍手帶過。）

所以第三次就是：*-*-N-G-O, *-*-N-G-O, *-*-N-G-O,
第四次是：*-*-*-*-O, *-*-*-*-O, *-*-*-*-O,
第五次最好玩，因為全部單字都不能念出來！但是孩子其實最期待的就是這一次：
--*-*-*, *-*-*-*-*, *-*-*-*-*,

可以加唱第六次，就是把第一次全曲唱一遍，都不漏字的唱出來，當作結尾。請有空一定要與孩子一起玩玩看喔！

網路示範

由一位阿姨及扮成狗的叔叔真人示範

邦尼示範版

My Bonnie

39

SONGS

類型 ♫ 英國民謠

原文歌詞

My Bonnie lies over the ocean,
My Bonnie lies over the sea,
My Bonnie lies over the ocean,
Oh bring back my Bonnie to me.

Bring back, bring back,
Bring back my Bonnie to me, to me,
Bring back, bring back,
Bring back my Bonnie to me.

Last night as I lay on my pillow,
Last night as I lay on my bed,
Last night as I lay on my pillow,
I dreamt that my Bonnie was there.

Bring back, bring back,
Bring back my Bonnie to me, to me,
Bring back, bring back,
Bring back my Bonnie to me.

Blow the winds over the ocean,
Blow the winds over the sea,
Blow the winds over the ocean,
To bring back my Bonnie to me.

Bring back, bring back,
Bring back my Bonnie to me, to me,
Bring back, bring back,
Bring back my Bonnie to me.

The winds have blown over the ocean,
The winds have blown over the sea,
The winds have blown over the ocean,
And brought back my Bonnie to me.

Bring back, bring back,
Bring back my Bonnie to me, to me,
Bring back, bring back,
Bring back my Bonnie to me.

孩子學得到的單字

ocean, sea	海洋
bring back	帶回
pillow	枕頭
bed	床
blow	（風）吹撫
bonnie	漂亮的人或指意中人

歌詞大意

我的邦妮遠在海外，
（重複）喔把我的邦妮帶回來
回來、回來，喔把我的邦妮帶回來。

昨晚我靠枕而寢，昨晚我睡在床上
我夢到我的邦妮就在這兒。
回來、回來，
喔把我的邦妮帶回來。

推薦理由

這是我國中學英語時代，老師教我們唱的第一首歌，**歌詞簡單但旋律十分優美，所以一唱就會永難忘懷**。

My Bonnie 其實是一首很傳統的蘇格蘭民謠，歌詞寫的是在懷念在海外流亡的查理王子（Charles Edward Stuart）。查理王子的全名叫查爾斯愛德華斯圖亞特，生於一七二〇年，是公認的帥哥，之後被放逐，與家人流浪在法國。

年輕的查理王子長得十分好看，還有點像女生，於是被蘇格蘭人暱稱為「漂亮的查理王子」（Bonnie Prince Charles），Bonnie 在蘇格蘭高地愛爾蘭語（Gaelic）中，就是「漂亮」的意思。

我們是不用懷念什麼王子，只要開心地與孩子一起唱唱好聽歌曲、欣賞單純的動畫，這樣就夠了。我家老三也很喜歡這首歌，他剛滿五歲時才聽了兩遍，就馬上會唱也會背歌詞了！你家孩子也值得一試。

網路示範

動畫，歌聲很美，
不過動畫比較簡陋

另外一的動畫，
設計有好一點

40

SONGS

John Jacob Jingleheimer Schmidt

類型♫繞口令謠

原文歌詞

John Jacob Jingleheimer Schmidt,

His name is my name too.

Whenever we go out,

The people always shout,

There goes John Jacob Jingleheimer Schmidt.

Dah dah dah dah, dah dah dah.

歌詞大意

John Jacob Jingleheimer Schmidt
是我的名字
每次我走到哪裡，人們總是大叫：
John Jacob Jingleheimer Schmidt
來了！
啦啦啦啦……
（重複）

孩子學得到的單字

name	名字
people	人們
shout	大叫

推薦理由

這首**簡單的歌曲，其實比較像繞口令**。在美國你可以輕易遇到叫做 John、Jacob 的男性，但是全部加在一起變成一個：John Jacob Jingleheimer Schmidt 這麼長的名字，應該很少見！

這首歌的唱法有些要注意的地方：
一、一開始要用**中等音量**唱。
二、接下來可以用**輕聲細語**來唱。
三、最後用**超大聲**來唱！

本歌是很多美國幼兒園或小學在玩團體遊戲或去露營時，很喜歡唱的歌曲。

其實，我家很多英語童謠是在欣賞 *Barney* 這個兒童節目時學到的。在之後第三章會有一篇專門介紹這個兒童影集，是學外國童謠的好資料庫！

網路示範

 十分可愛的電腦動畫版

 Barney 邦尼的兒童合唱

 也很不錯的電腦動畫版

She'll Be Coming Round the Mountain

41

SONGS

類型♫趣味（接龍）謠

原文歌詞

She'll be coming 'round the mountain
when she comes,
She'll be coming 'round the mountain
when she comes,
She'll be coming 'round the mountain
coming 'round the mountain,
She'll be coming 'round the mountain
when she comes.

She'll be driving six white horses
when she comes,
She'll be driving six white horses
when she comes,
She'll be driving six white horses,
Driving six white horses,
Driving six white horses
when she comes.

Oh we'll all go out and meet her
when she comes,
Oh we'll all go out and meet her
when she comes,
Oh we'll all go out and meet her
all go out and meet her,
All go out and meet her
when she comes.

She'll be wearing red pajamas
when she comes,
She'll be wearing red pajamas
when she comes,
She'll be wearing red pajamas
wearing red pajamas,
Wearing red pajamas
when she comes.

She'll have to sleep with Grandma
when she comes,
She'll have to sleep with Grandma
when she comes.

Oh she have to sleep with Grandma
have to sleep with Grandma,
have to sleep with Grandma,
When she comes.

孩子學得到的單字

mountain	山
horse	馬
wear	穿
pajamas	睡衣

歌詞大意

她將要越過那座山到這來
她將要越過那座山到這來
（重複）

當她來時，
她會架著六隻馬的馬車而來，
她會架著六隻馬的馬車而來，
（重複）

當她來時，
我們都會出來迎接她，
我們都會出來迎接她，
（重複）

當她來時，
她會穿粉紅色的睡衣
她會穿粉紅色的睡衣

（歌詞也有延長版本，如殺雞、吃肉餃子、跟奶奶一起睡覺打呼等）

推薦理由

這首歌充滿幽默的趣味，因為曲中的 she，又駕著六隻馬的馬車，又穿著紅色睡衣。而我們來迎接她，還要殺雞、吃雞、跟奶奶一起睡覺打呼！光想像那畫面，就讓孩子超想笑！所以這首歌很受孩子們的喜歡。我還聽過一個版本，就是**唱完以後開始喊一個特殊音效**，如：She'll be coming 'round the mountain when she comes（加上 Hi~ha~）She'll be driving six white horses when she comes（加上 giddy Up，駕馬車聲）Oh we'll all go out and meet her when she comes （加上 Hi there~ 打招呼聲）She'll be wearing red pajamas when she comes（加上吹口哨聲，表示她穿睡衣很好看……這也是笑點，哪有人駕馬車穿睡衣的？）She'll have to sleep with Grandma when she comes（加上 snore snore 打呼聲）

因為加上許多特殊音效，還可以玩**音效接龍**，玩法如下：第二句就重複第一句的，第三句就接前兩句的音效，依此類推，**這種接龍玩法，讓孩子唱起來更會迫不及待想加上各種音效**，而且很想笑……想想那個「她」一來，就有這麼多樂子，還可以加上殺雞宰羊吃大餐！（也有這種版本的歌詞），難怪孩子會很愛這首搞笑歌。

網路示範

動作兒歌版

十分可愛的動畫版

42

SONGS

Take Me Out to the Ball Game

類型 ♫ 美國棒球場歌謠

原文歌詞

Take me out to the ball game,

Take me out with the crowds;

Buy me some peanuts and Cracker Jack,

I don't care if I never get back.

Let me root, root, root for the home team,

If they don't win, it's a shame.

For it's one, two, three strikes, you're out,

At the old ball game.

歌詞大意

帶我去看球賽，帶我加入人群，
幫我買些花生和焦糖爆米花，
就算不能回家也沒關係。
讓我為家鄉的球隊
加油、加油、再加油！
如果他們沒贏，就太可惜了……
一好、二好、三好球，你被三振出局！
在這有歷史的球賽裡。

孩子學得到的單字

ball game	球賽
crowd	人群
peanut	花生
shame	遺憾、可惜
strike	三振

推薦理由

去美國看棒球，是個很有趣的經驗：除了場邊有很多遊戲讓觀眾參與，**就是打到一半時，球場中場休息，所有的觀眾會一齊唱這首歌！**

本歌的歌詞是一九〇八年 Jack Norworth 在紐約地鐵上看到棒球廣告，靈機一動所寫的，他把草稿寫在報紙一小角上，之後由朋友寫曲，在一九二七年，由作詞者的太太初次演唱。在一九七四年在芝加哥白襪隊的球場上，廣播員 Harry Caray 喜歡邊廣播邊哼唱這首歌，他說：「我會一直唱這首歌，因為這是我唯一懂得歌詞意義的歌！」結果白襪隊的老闆發現有球迷會跟著唱這首歌，就在廣播員的位子旁偷藏了一支隱藏式麥克風，然後所有的球迷都聽到這首歌，也跟著一起大聲地唱！**後來一起唱這首歌就成了大聯盟的傳統**。

我們在美國居住時，也會帶孩子去看小聯盟的棒球賽，記得我第一次去時，中場休息所有的人突然大聲唱這首歌！害我嚇了一跳，不過熊爸卻老神在在，因為他常常看美國職棒轉播，早就知道這首歌了！之後，我的孩子們也開始學著一起唱，順便吃吃花生米，真是十分難忘的美國棒球回憶。

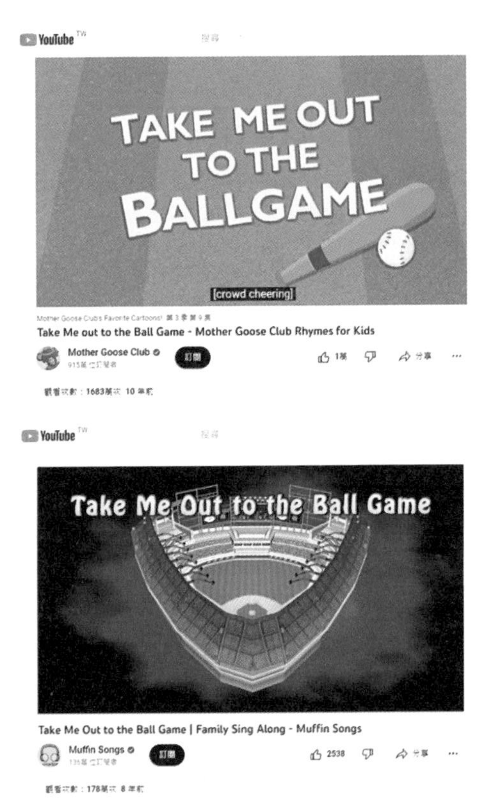

網路示範

 2D 動畫版

 3D 動畫版

Zip-A-Dee-Doo-Dah

43

SONGS

類型 ♫ 電影歌曲

原文歌詞

Zip-A-Dee-Doo-Dah,
Zip-A-Dee-A,
My oh my, what a wonderful day,
Plenty of sunshine heading my way,
Zip-A-Dee-Doo-Dah,
Zip-A-Dee-A.

Mr. blue bird on my shoulder,
It's true, it's actual,
Everything is satisfactual,

Zip-A-Dee-Doo-Dah,
Zip-A-Dee-A,
Wonderful feeling
wonderful day!

歌詞大意

Zip-A-Dee-Doo-Dah Zip-A-Dee-A
（此為無意義的唱腔歌詞）
多麼美好的感覺、多美好的一天！
無盡陽光灑在身上，美好感受的一天！
青鳥先生站在我肩頭，
是真的！是真的！
每件事都那麼順心如意～
Zip-A-Dee-Doo-Dah Zip-A-Dee-A
多麼美好的感覺、多美好的一天！

孩子學得到的單字

wonderful	美好的
plenty of	很多的
sunshine	陽光

推薦理由

其實這首歌也是早年我在美國進行歌謠採集時，突然挖到的好歌。我曾有一張 CD 叫 ***All wound up：the family music party***，創作者為兩位天賦洋溢的歌手與琴手 CATHY FINK & MARCY MARXER，開車時這張 CD 一放，孩子與我都又開心又興奮，因為裡面每首歌都很有節奏感、歌詞活潑可愛又好聽！

這兩位歌手都很會唱歌，也很會彈斑鳩琴（Banjo，以往在傳統非裔美國人音樂出現，今日多用作彈奏鄉村音樂和藍草音樂用），Bluegrass musics 就是所謂的藍草音樂，是美國民俗音樂的一種，同時也是鄉村音樂的分支。這張 CD 就是用藍草音樂的形式來彈奏，其中我家三個孩子最琅琅上口的，就是這首 Zip-A-Dee-Doo-Dah ！

歌曲中描述的，是一種愉快的、樂天的心情。有時候我家老三有起床氣，早上不想去幼兒園上學，我就會在上學路上放這首歌，與他一起唱，這樣他的心情會好很多。後來才知道：這是迪士尼早期動畫片的一個歌曲！請看示範影片，全首歌詞在這部影片中，有了意義。

網路示範

真人演出加歌詞

Do-Re-Mi

44

SONGS

類型♫趣味（接龍）謠

原文歌詞

Let's start at the very beginning,
A very good place to start,
When you read you begin with,

Child:
ABC

Maria:
When you sing you begin with do re mi

Children:
Do re mi

Maria:
Do re mi
The first three notes just happen to be
Do re mi
Children:
Do re mi

Maria:
Do re mi fa so la ti,
Oh let's see if I can
make it easier hmmm:
Doe- a deer, a female deer,
Ray- a drop of golden sun,
Me- a name i call myself,
Far- a long long way to run,
Sew- a needle pulling thread,
La- a note to follow so,
Tea- a drink with jam and bread,
That will bring us,
back to do oh oh oh.

歌詞大意

Do-Re-Mi 讓我們從頭開始，
一個很棒的起點，
當念書的時候你從 ABC 開始學，
當唱歌的時候從「哆 - 瑞 - 咪」開始教，
「哆 - 瑞 - 咪」「哆 - 瑞 - 咪」，
恰恰好剛開始的三個音符是「哆 - 瑞 - 咪」「哆 - 瑞 - 咪」，
Do-re-mi-fa-so-la-ti
讓我看看是否可以把它弄簡單一點，
「Doe」是「鹿」，一隻小母鹿，
「Ray」是一束金色陽光，
「Me」是「我」的自稱，
「Far」是很遠很遠的長路，
「Sew」是針穿過細線縫衣服，
「La」是接著 Sew 的音符，
「Tea」是果醬麵包配茶喝，
這樣我們又回到「Doe」，
哦～哦～哦～

孩子學得到的單字

start	開始	Name	名字
begin	開始	long	長的
note	音符	needle	針
easier	簡單一點	thread	線
deer	鹿	drink	飲料
female	母的，雌的	follow	接著
drop	一滴	jam	果醬
golden	金色	bread	麵包
sun	太陽、陽光	bring	帶回

推薦理由

這首歌在台灣有中文改編版，旋律相同，歌詞有些異動：

Do 唱歌兒快樂多	**Re 就忘記眼淚**
Mi 你真是太甜蜜	**Fa 我有個辦法**
So 我有話對你說	**La 把煩惱拋開啦**
Si 我對你笑嘻嘻	**唱起歌來快樂多！**

記得小學時代，老師就教我唱這首歌，所以等到上了高中，影片欣賞看到《真善美》（*The Sound of Music*）裡的這一幕、這首歌，心中感到十分親切！好像見到好久不見的老朋友一樣。《真善美》這部電影雖然年代久遠，但是十分推薦等孩子大些（國小高年級到國中左右），親子一起共賞。在美國，當初就是歌舞劇改編成電影，現在仍有歌舞劇在上演（見下面真人舞台劇版示範），也很好看。到現在我還很驚訝，電影中的男主角竟然生了八個孩子！那請一位家庭教師還真是划算，不但教語文，也教唱歌。

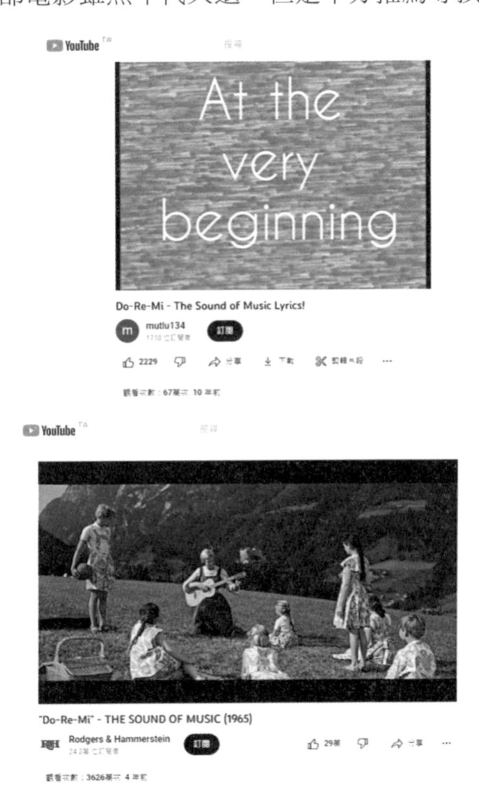

這首歌曲就是家庭老師瑪麗亞教八個孩子關於音樂的基礎練習。**本劇的諸多歌曲，如 *Do-Re-Mi*、《孤獨的牧羊人》、《小白花》、*My Favorite Things*，都十分有名**，甚至傳唱至世界各地！下一頁有們也會介紹《小白花》。

網路示範

 **純歌詞版**

 **真人舞台劇版**

45

SONGS

Edelweiss

類型♫音樂劇、電影配樂

原文歌詞

Edelweiss, Edelweiss,

Every morning you greet me,

Small and white, clean and bright,

You look happy to meet me,

Blossom of snow may you bloom and grow,

Bloom and grow forever.

Edelweiss, Edelweiss,

Bless my homeland forever.

孩子學得到的單字

greet	打招呼
clean	潔淨的
bright	明亮的
blossom	花朵
snow	雪
bloom	開放

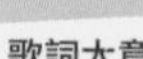

歌詞大意

小白花，小白花，
每個清晨你都問候著我，
嬌小而潔白，清新而明亮，
你似乎很高興能看到我，
雪般的花朵，
願你能綻放成長，
永永遠遠的綻放、成長。
小白花，小白花，
請永遠保守我的家鄉。

推薦理由

這裡的小白花，全名叫「高山火絨草」，菊科，火絨草屬植物。又名高山薄雪草、雪絨花、小白花，是歐洲著名的高山花卉。

這種花是**瑞士及奧地利的國花外，也被許多國家列為受保護植物**，包括瑞士、斯洛維尼亞、羅馬尼亞等。第二次世界大戰中，德國陸軍山地師曾將小白花佩戴在胸前，以突顯精銳山地兵種的身分。據說，連希特勒都很愛此花。

本歌旋律優美，詞句高雅又有著愛戀故鄉的情懷，在全世界都很有名。以前我在高中合唱團，也常練唱這首歌曲。讓孩子學英文版本，除了可以學到許多單字外，也可以 google 在歐洲山上這美麗小花的圖片，讓孩子對照欣賞。當然，別錯過電影中歌唱的片段（見以下真善美電影的示範）。

之前在英國達人秀的節目中，十歲小女孩 Hollie Steel 清亮的嗓音，一鳴驚人！這也是網路界廣為流傳的本曲範本，可以一起欣賞一下！

網路示範

 真善美電影

 歌詞卡拉 OK 版

46

SONGS

Home, Home on the Range

類型♫美國西部民謠

原文歌詞

Oh, give me a home where the buffalo roam,
Where the deer and the antelope play,
Where seldom is heard a discouraging word.
And the skies are not cloudy all day,
Home, home on the range,
Where the deer and the antelope play.
Where seldom is heard a discouraging word,
And the skies are not cloudy all day.

孩子學得到的單字

buffalo	水牛
deer	鹿
antelope	羚羊
seldom	很少的
heard	聽到
discouraging word	令人沮喪的話

歌詞大意

哦，請給我一個家，
那裏牛群信步遊走，
小鹿羚羊嬉戲玩耍。
沒有滿天的烏雲，
只有激勵人心的話。
（合唱）
家，牧場上的家，
小鹿羚羊嬉戲玩耍。
沒有滿天的烏雲，
只有激勵人心的話。

推薦理由

這首歌是美國堪薩斯州的州歌，一首很優美的美國民謠，有時被暱稱為「**美國西部的國歌**」！

原本是一首詩，羅斯福總統曾經說這是他最喜歡的詩，後來由德州一位作曲家譜成歌，受到眾人喜愛，被美國人廣泛流傳。

小熊家曾在美國中西部居住過將近四年，當地是世界知名的馬場，給我最大的印象，是綠色的草地丘陵起伏，美麗的駿馬在其中奔馳漫步，十分美麗；而路上也常見到鹿與羚羊。

我的孩子也常伴我一起聽這首歌，我常覺得就是在描述當地的景象。**如今雖然回台灣定居了，心中還是常常會想起這首歌曲**；有機會，可以帶孩子去美國中西部草原區走走，實際體驗一下這首歌的美麗情懷吧？

網路示範

 真人歌唱版

 動畫歌詞版

VIDEO
CHAPTER 3
your wellies
to know the
walks.
(all 500 of them) will
Rotherhithe
27. £17.
four-day festiva
literature and debate,
featuring a panel with
journalist Owen Jones.
→ Waterstone's Piccadilly.
⊖ Piccadilly Circus. Fri Apr
28-Mon May 1. Free-£10.
you fancy, tak
scales and pay just £1
per kilo for your wares.
→ Copeland Park. Peckham
Rye Overground. Sat Apr 29. £3,
£1.50 after 12pm.
resistance.
Mile End.
Apr 27. Free.
garden is o
way
to Mile End for the
German Bierfest.
£5 ticket will get
access to the Bav
FestTent, where
will be wurst, a
DJ and a tra
FAIRS
SHOWS
The Key, the
Secret: Powered
by PechaKucha
In the Japanese talk
format PechaKucha,
RHS Flowers &
Flea weekend
Nasd100Tr

會動的語言，記得更牢！

3. 看影片學英文

記得我在美國居住時，閒暇時孩子大多是在後院與公園玩耍。三歲以後，每日他們有三十分鐘的電視時間，多半是在我煮晚飯的時候，也因為廚房危險，不想讓他們進入，所以準備晚飯的時間，就是他們欣賞卡通動畫的時間。

其實，在孩子**聽我念英語繪本的同時，也會找相關的卡通或動畫給他們欣賞**，如 *Maisy*、*Curious George*、*Madeline*、*Thomas & Friends*……這些都有英語故事書，孩子的反應很好，所以我接下來會去找相關的 DVD，或是電視節目，讓孩子可以加強印象。

事實證明：效果卓著！我的孩子在家規定要講中文，但是他們在美國上幼兒園時，完全沒有溝通上的困難，而且是聽與說都沒問題！這除了要歸因我念了很多繪本給他們之外，**他們的聽力，也在欣賞英語節目被磨練的十分敏銳。**

本章選的影片，是我個人在家教學反應好的節目，也有新增一些優質的近期動畫片；盡量選擇**有正式授權的動畫影片**，但是還有些不錯的兒童的影片，如：*Clifford the big red dog*、*Dora the Explore*、*Go Diego go*、*Little Einstein* 等沒正式授權給台灣的動畫片，但不代表它們不適合給孩子們看。大家若有興趣，建議可以到圖書館借來看，或是利用管道買正版授權的 DVD。

47

VIDEO

Little Baby Bum

類型♪網路頻道，專門介紹英語童謠的 3D 電腦動畫

適合♪學齡前幼兒，國小低年級，男女皆可

英語難易度♪簡單

何處觀看♪YouTube 官方頻道

推薦理由

這是一個超受歡迎的英語童謠頻道，簡稱 LBB，而且是官方授權的！裡面介紹了無數的英語童謠，加上 3D 動畫，色彩鮮艷，幼兒很難不喜歡。

二〇一七年三月，這個 YouTube 的頻道訂閱人數已經超過一千萬人！絕對別錯過的是熱門影片 *Wheels On The Bus* 已有全球超過十億人觀賞！**這個驚人的數字，代表讓孩子用童謠學英語，的確是全世界的選擇。**

這個網站每週五會更新最新的童謠影片，也有固定上傳加長版本（如：一小時無間斷童謠），更有趣的是，他還有各種語言的子頻道，如有西班牙語的 LBB、荷蘭語、法語，甚至日本語的 LBB，都可以找到。

如果想讓孩子學雙語、三語甚至多語的童謠，別忘記訂閱一下 LBB ！

❶

Little Baby Bum - Nursery Rhymes & Kids Songs
@LittleBabyBum
4040萬 位訂閱者
訂閱
首頁 影片 直播 播放清單 頻道 簡介

有 2 場即時串流

LIVE: Baby Christmas Nursery Rhymes! Little Baby Bum Songs
Little Baby Bum - Nursery Rhymes & Kids Songs 224 人正在觀看

YouTube 官方頻道

❷

Wheels On The Bus | Part 5 | Learn with Little Baby Bum | Nursery Rhymes for Babies | ABCs and 123s

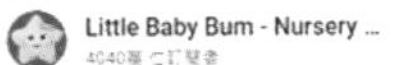

69萬 分享

觀看次數：4.8億次 8 年前

這是網站最受歡迎是加長版兒歌，
但也建議先去看原始單曲兒歌！

Sweet Tweets

類型♪**關於童謠、健康飲食的原創動畫網站**
適合♪**學齡前幼兒、國小低年級，男女皆可**
英語難易度♪**容易**
何處觀看♪**YouTube 官方頻道**

48

VIDEO

推薦理由

製作人原本是加拿大動畫師，他將孩子喜愛的兒歌，由單純可愛的小鳥們演出。

兒童影片頻道很多都用 3D 動畫，加上鮮豔俗麗的顏色，可是這個網站不一樣，**它的用色與構圖都十分柔和但不失典雅。俗麗這一詞，在這裡完全看不見！**

值得一提的是：本頻道除了學童謠，還可以學健康的飲食知識，如很受歡迎的一支影片 *I Like to Eat Carrots and Broccoli*（我愛吃胡蘿蔔與花椰菜），裡面的小鳥一口接一口的啃著胡蘿蔔，一面唱：「Yam yam yam!」

這讓我想起兒子在美國讀小學時，許多孩子的 lunch box（午餐盒）中，常見生 baby carrots（迷你胡蘿蔔）的菜色，孩子們會拿迷你胡蘿蔔配著餅乾、起士、牛奶或果汁一起吃！跟我們愛吃的便當、熱食比起來，真是大大不同。在這樣的一首歌裡，也能理解學習兩處不同的文化呢！

❶

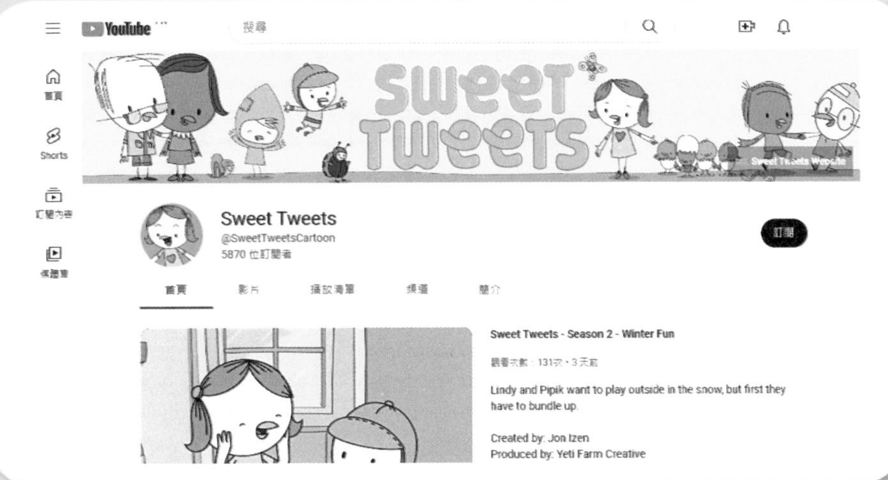

官方頻道

❷

I Like to Eat Carrots and Broccoli

49

VIDEO

Dave and Ava - Nursery Rhymes and Baby Songs

類型♪**英語童謠教學頻道，以 3D 動畫呈現**

適合♪**學齡前幼兒、國小低年級，男女皆可**

英語難易度♪**簡單**

何處觀看♪**YouTube 官方頻道**

推薦理由

本頻道有開宗明義地講：**專為一到六歲孩子設計的童謠頻道！**

頻道特色是一個穿著狗兒衣服的男孩 Dave（男主角），以及一隻打扮成貓咪的女孩 Eva（女主角），和他們的一些朋友：Philip the Mouse（老鼠）、Matilda the Sheep（綿羊）、Oscar the Kitten（小貓咪）、Stella the Star（星星）、Itsy the Spider（蜘蛛）、Felix MacDonald（老爺爺）、Bingo the Puppy（狗）等，這些角色演出語童謠相關的故事。故事性很強。

特別推薦 *The Wheels on the Bus - Animal Sounds Song*（見示範影片），**觀賞人數已超過四千萬，可以學到各種動物英語叫聲**；其中有一隻小老鼠，他會藏在每一個影片裏面，可以鼓勵孩子找找看喔～

其他如 *ABCs*、*numbers*、*shapes*、*colors* 等這些歌曲，都有很棒的 3D 動畫與配樂，賞心悅目寓教於樂，是類似頻道的佳作！

❶

YouTube 官方頻道

❷

點閱已經超過 2.7 億人次的影片，
快掃描看影片！

Maisy

類型♪ **卡通 2D 動畫，主角為老鼠與許多動物**
適合♪ **學齡前幼兒，男女皆可**
英語難易度♪ **簡單**
何處觀看♪ **買光碟，或到 YouTube 看影片**

50

VIDEO

推薦理由

Maisy，是英國的女插畫家 Lucy Cousins 為幼兒所創造出來的可愛老鼠，中文翻譯為「**小鼠波波**」，可是我與兒子都喜歡叫她：美西，因為她的名字念法就是如此，而她是一個**女孩**！

（圖片提供／滿天星文化）

Maisy 有圖畫書與動畫卡通。當年兒子在美國時，我常常會帶他去圖書館借 Maisy 的翻翻書（作者很會設計翻翻書）、去視聽中心借 Maisy 卡通片，兒子愛不釋手！卡通更是看了又看，甚至不准我去還。

最後，我還是上網買了兩片 Maisy 卡通的 DVD 珍藏，也帶回台灣給弟弟繼續看。現在有了老三，還是這麼愛看 Maisy（真是物超所值！）我想，應該沒有孩子不喜歡 Maisy 吧？

美西有許多好朋友，最常見的就是：Eddie the elephant（大象艾迪）、Cyril the squirrel（松鼠西羅）、Tallulah the chicken（小雞特魯拉）還有 Charley the alligator（鱷魚查理）！這些都是看過 Maisy 的孩子不會忘記的動物單字。

❶

YouTube 官方頻道

❷

Maisy Mouse | Umbrella & Feather | Full Episode
觀看次數：37萬次・1 年前

Maisy Mouse | Knock Knock and Follow The Leader | Full Episode
觀看次數：13萬次・1 年前

Maisy Mouse | Dancing and Eggs | Full Episode
觀看次數：7.4萬次・1 年前

Maisy Mouse | Harvest and Playhouse | Full Episode
觀看次數：8.6萬次・1 年前

Maisy Mouse | Farm | Full Episode
觀看次數：7.6萬次・1 年前

Maisy Mouse | Fleas and Sticks | Full Episode
觀看次數：4.3萬次・1 年前

Maisy Mouse | Fair and Sheep | Full Episode
觀看次數：5.7萬次・1 年前

Maisy Mouse | Rain and Plane | Full Episode
觀看次數：4萬次・1 年前

MAISY 有許多好朋友

51

VIDEO

Peppa Pig

類型♪**兒童 2D 動畫，主角是粉紅豬小妹、豬家族與其他動物**

適合♪**學齡前幼兒，男女皆可**

英語難易度♪**基礎～中等**

何處觀看♪**購買或者借閱 DVD 等**

（圖片提供／公共電視文化事業基金會）

推薦理由

中譯為《粉紅豬小妹》的 Peppa Pig，是一套**英國發行的學齡前動畫，也是全球大受歡迎的教育動畫**。

本動畫曾獲得二〇〇五年英國電影和電視藝術學院「最佳學前動畫獎」，主角佩佩的配音員哈莉・貝特，也獲得二〇一一年英國電影和電視藝術學院「最佳兒童演出獎」！**裡面的發音是很純正的英式英語，別具特色。**

Peppa Pig 每集長度約五分鐘，故事內容多數環繞日常生活，比如去參加共學團體（playgroup）、游泳、探訪祖父母、去露營、萬聖節裝扮比賽、騎踏車等。

我兒子很喜歡佩佩和她的家人說話時，不時會發出可愛豬叫，而其他動物角色也會發出各自的叫聲，最有特色的是弟弟喬治不會講話，每次他都只會說一句：「Dinosaur ~ Grrr!」因為他最喜歡恐龍。

Peppa Pig - Official Channel

訂閱 2,140,06

首頁 影片 播放清單 頻道 簡介

已訂閱

Peppa Pig - Official Channel Live Stream
Peppa Pig - Official Channel
1,132 人正在收看
☆ Subscribe for more videos: http://oi.ly/PeppaPigYT

直播中

eOne Family Friends

Ben and Holly's Littl
訂閱

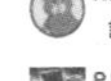

The Official Pat & St
訂閱

Humf – Official Cha
訂閱

PJ Masks - Official
訂閱

Tractor Tom - Offici
訂閱

直播中

Peppa Pig - Official Channel Live Stream
1,132 人正在收看
☆ Subscribe for more videos: http://oi.ly/PeppaPigYT

快上頻道官網看一看！

搜尋

#Peppa #PeppaPigEnglish #PeppaPig

Learn with Peppa Pig Compilation

Peppa Pig - Official Channel
2950萬 位訂閱者

訂閱

1.3萬

分享

觀看次數：995萬次 6 年前

數數字，這一集做得不錯，值得一看

Caillou

類型♪**描述一個四歲小男孩的日常家庭生活**
適合♪**三到六歲幼兒、國小中低年級，偏男生，但女生也可以試試看**
英語難易度♪**中等**
何處觀看♪**買國外 DVD，網路找官方影片**

52

VIDEO

推薦理由

Caillou（發音類似「卡優」）是個法文名字，意思是鵝卵石、石頭。他是一個普通的四歲小男孩，有一個妹妹 Rosy、一個填充玩具恐龍 Rexy、一隻泰迪熊、一隻寵物貓 Gilbert，以及爸爸媽媽和朋友日常發生的故事。常在美國公共電視 PBS kids 頻道播出。

我家老大剛開始看卡通學英語，Caillou 就是他早期的新歡，因為 Caillou 與他年紀接近（當時他三歲），Caillou 影片的一開始就會唱著：

「I'm just a kid who's four, each day I grow some more, I like exploring I'm Caillou, So many things to do, each day is something new, I'll share them with you I'm Caillou...」

Caillou 的發音十分清晰、標準，而且速度不會太快，很適合小小孩練聽力，而內容則是與生活相貼近，如看牙齒、去旅行、探望祖父母、甚至還有過中國年！（因為他有個鄰居是華人）。片中間還會把玩具恐龍 Rexy、泰迪熊、寵物貓 Gilbert 變成真實的布偶，一起對話，討論本集故事內容。

如今我家那熱愛 Caillou 的老大已經十五歲了，回頭來看 Caillou，他還在唱：「I'm just a kid who's four...」，不禁讓我感嘆時光飛逝，動畫人物永遠沒長大，自己孩子卻已比我高好幾個頭了！現在，換弟弟迷你熊與 Caillou 交朋友了。

❶

YouTube 官方頻道

❷

關於換牙及牙仙子的一集

Cloudbabies

類型♪**幻想世界的 3D 動畫，關於天空中雲寶寶的故事**
適合♪**四到六歲、國小低年級，男女皆可**
英語難易度♪**中等**
何處觀看♪**YouTube 官方頻道**

53

VIDEO

推薦理由

本動畫描寫了**四個可愛的雲娃娃**：Baba Pink, Baba Blue, Baba Yellow and Baba Green，他們住在一朵大雲上的雲房子裡面，而他們的工作的是**騎著天空馬、打理天上的許多事情**；天空裡有許多好朋友，包括了太陽、月亮、彩虹、Fuffa 雲、小星星等。

本動畫除了設計精緻外，故事也很有教育意味，如有一集：*Rainbows Orchestra*，描寫暴風雨來臨前黑雲密布，可愛的粉紅雲朵 Fuffa 聽彩虹說，黑雲是很好的交響樂團，所以很想加入，但是真的看到黑雲來了又開始膽怯，連雲寶寶們都躲到屋子裡去……最後，大家鼓起勇氣，看彩虹如何指揮烏雲交響樂團，才發現：烏雲很有趣，一點都不可怕！

我家老三很怕烏雲及打雷，看了這一集以後，開始比較沒那麼害怕了。影片的確有教育的能力，不只是練英文而已。

❶

YouTube　搜尋

首頁　Shorts　訂閱內容　媒體庫

Cloudbabies
@Cloudbabies
44萬 位訂閱者

訂閱

首頁　影片　播放清單　頻道　簡介

Baba Pink's New Star Chart & Other Bedtime Stories | Cloudba...

觀看次數：113,426次・9 個月前

First up in this compilation of bedtime stories is; Baba Pink creates a star chart to monitor each of the Cloudbabies' jobs.

Make sure to subscribe so that you and your little Cloudbaby never miss one of our amazing videos - https://www.youtube.com/user/Cloudbab...

YouTube 官方頻道

❷

YouTube　搜尋

#Cloudbabies

Baba Pink Best Bits | Cloudbabies Animation Clips | Cloudbabies Official

Cloudbabies
44萬 位訂閱者

訂閱

 21萬　　 分享　...

試看一集
粉紅色的雲

Sesame Street (Elmo's World)

類型♪**布偶類**

適合♪**學齡前、國小中低年級，男女皆可**

英語難易度♪**中～高級**

何處觀看♪**YouTube 官方頻道、圖書館借 DVD，買國外 DVD**

54

VIDEO

推薦理由

芝麻街是陪美國許多人長大的節目，裡面有許多人偶（或說怪物偶），在美國與全世界是家喻戶曉，如：Elmo、Cookie Monster、Big Bird、Grover、Oscar, Bert & Ernie、Zoe、Rosita、Baby Bear 等。

自從**一九六九年在美國公共電視台（PBS）首播以來，已經陪伴全球超過一億兒童一起成長**，本節目還榮獲一百五十多次艾美獎，芝麻街也因此被譽為全世界最長的街道。

芝麻街最有特色的地方，是節目中採用布偶（Puppet）作為大部分角色，穿插一些真人演員，這些**戲偶皆由著名木偶師吉姆．韓森（Jim Henson）**所創造。

我家孩子在美國常常去圖書館借這影片來看，還有電影《大鳥在日本》、《大鳥在中國》；而電視上則常常有 *Elmo's world*，讓孩子深深喜愛這隻紅色的人偶。

現在大家在 YouTube 頻道看到芝麻街的各種節目，也許它不像現代的 3D 動畫這麼炫目（芝麻街的節目是比較早期拍的），但是如果**想要了解美國文化並同時學美語，這是你與孩子不可不看的一系列影片！**

❶

YouTube TW 搜尋

首頁

Shorts

訂閱內容

媒體庫

Sesame Street
@SesameStreet
2300萬 位訂閱者

訂閱

首頁　影片　SHORTS　直播　播放清單　頻道　簡介

有 2 場即時串流

Sesame Street: Elmo's World Alphabet, Birthdays, Colors and More LIVE | Elmo Videos for Kids
Sesame Street 861 人正在觀看
Enjoy hours of your favorite Elmo's World in this compilation, like Elmos World: Alphabet, Elmos World: Birthdays, and even Elmo's World: Nursery Rhymes! Subscribe to the Sesame Street...

YouTube 官方頻道

❷

Sesame Street: Elmo's World Winter Holiday Celebration Compilation!
觀看次數：8.2萬次・17 小時前

Sesame Street: Best Christmas Ever Song from The Nutcracker Starrin...
觀看次數：2萬次・1 天前

Sesame Street: Believe in Yourself! Positive Aspirations Song |...
觀看次數：8784次・2 天前

It's Magic Time with Elmo, Abby, and Cookie Monster! TWO Sesame...
觀看次數：30萬次・5 天前

Sesame Street: Learning About Jobs With Dr. Jill Biden | Sesame...
觀看次數：2.3萬次・6 天前

Sesame Street: Two Episodes! Help Elmo and Puppy Find the Missing...
觀看次數：6.2萬次・7 天前

Sesame Street: Elmo and Friends Sings Songs from "The Nutcracker...
觀看次數：16萬次・9 天前

Sesame Street: Deck the Street Song in American Sign Language...
觀看次數：6.1萬次・10 天前

Madeline

類型♪ **法國巴黎寄宿學校，一群小女生的學校生活**

適合♪ **四到六歲、國小中低年級，偏女生，但小男生也可能喜歡**

英語難易度♪ **中等**

何處觀看♪ **圖書館借 DVD，買國外 DVD，網路找影片**

55

VIDEO

推薦理由

這本書原本是繪本界經典之作，受小女生歡迎，尤其是他們穿的制服，幾乎成為本書的代表圖騰：黃色圓帽子、海軍色的套裝！記得以前我在美國萬聖節時，常看到街上許多小女孩會做此打扮。

由於 Madeline 太受歡迎了，除了後來又出了有一系列的繪本，也有改編成電視的卡通動畫，此外，一九九八年，這作品還翻拍成真人電影 *Madeline* ！

（圖片提供：東方出版社）

我以前在美國開車時常會播放 *Madeline songs collection*，老大小熊哥在三、四歲就聽過無數次，後來在圖書館找到卡通後，他馬上把歌曲與情境聯結起來，如：*Do you learn your lesson? you naughty boy!* 是西班牙大使兒子佩皮多欺負動物，終於遭到報應的歌曲。小熊因為看過書、又有卡通加持，很快這些歌都琅琅上口了！

孩子學語文，從喜歡的卡通開始學習，真的事半功倍。這套兒童文學經典的卡通，請一定要給孩子看看。

小熊當年愛上 Madeline 時，
我幫他們畫的共舞想像圖

看一下其中一集

Little People

類型♪經典的 3D 動畫故事，全新改版上市！
適合♪三到六歲、國小中低年級，男女皆可
英語難易度♪簡單～中等
何處觀看♪YouTube 官方頻道

56

VIDEO

推薦理由

這部影片以前有黏土動畫，現在是全新版本，**主角是五個膚色不同**、人種不同的小朋友：Eddie, Tessa, Mia, Sofie, and Koby，**他們日常生活趣事與冒險故事**。

本動畫原本是知名的兒童玩具及用品製造商：**費雪牌**（Fisher-Price）所創造出來的小小人物，**因為放在玩具裡大受歡迎，所以後來出現了動畫影片**，而且也很受歡迎，因次才會不斷更新。

我家小熊哥曾很喜歡看**早期黏土版的動畫**，當時台灣翻譯為《快樂寶寶大發現》，因為這裡面有很多自創的歌謠，穿插影片中，小人兒又唱又跳，小熊也跟著又唱又跳！

現在新版的 3D 動畫，沒有當年黏土動畫的親切感，比較有電腦冰冷感。不過裡面還是有很多創新的歌謠，而且節奏比較快，對現代孩子來說，也是一個新的選擇！

❶

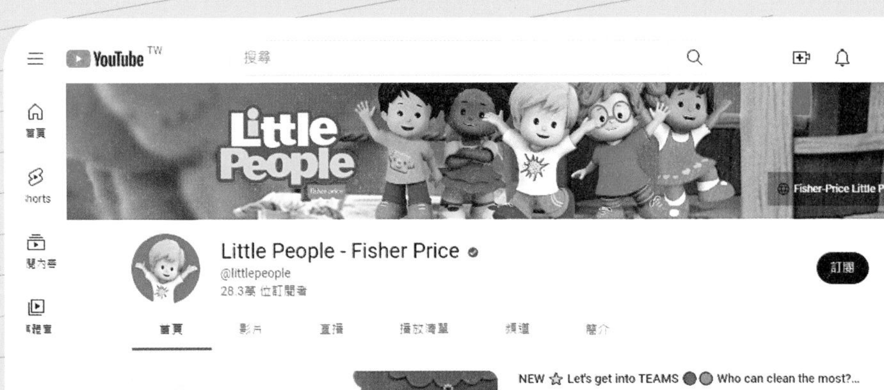

YouTube 官方頻道

❷

也有 2D 動畫，全新系列 Little people place

57

VIDEO

Curious George

類型♪經典繪本的動畫版

適合♪四到六歲、國小中低年級，男女皆可

英語難易度♪簡單～中等

何處觀看♪YouTube 官方頻道、圖書館借 DVD，買國外 DVD

（圖片提供：弘恩文化）

推薦理由

我家迷你熊兩歲時，第一次接觸到 Curious George 的書，就馬上被深深吸引住，他看的是關於生日派對的那一集，因為迷你熊喜歡吹生日蛋糕的蠟燭，所以那本書他翻閱無數次。

事實上生日派對的書是後來授權他人創作，但其中也有不錯的故事，如 *Curious George and the Birthday surprise*、*Curious George goes to a movie*、*Curious George in the snow*……都很受到孩子們的喜愛。之後**本書也改編成卡通與電影，也是學影語的好教材**。

本故事一開始講的就小猴子喬治原本住在森林裡，結果被抓到、帶到大都市，然後被消防隊員抓走、關監獄又逃獄，最後還飛上天、最終住到動物園的故事。故事裡的黃帽子叔叔雖然是抓他離開叢林的人，但最後變成照顧他的好主人，也是一種有趣的人類與動物情誼。

建議可以找 Margret & H.A. Rey. 原創的故事書來看，由他們創作的共有七本：

一、Curious George（一九四一）
二、Curious George Takes a Job（一九四七）
三、Curious George Rides a Bike（一九五二）
四、Curious George Gets a Medal（一九五七）
五、Curious George Flies a Kite（一九五八）
六、Curious George Learns the Alphabet（一九六三）
七、Curious George Goes to the Hospital（一九六六）

現在有許多新的動畫影片出現，讓好奇的喬治有了新的生命！孩子看過書以後，別忘了看看影片，學聽力喔！

❶

YouTube 官方頻道

58

VIDEO

Peter Rabbit

類型♪**古典繪本《彼得兔》的全新 3D 動畫版本**

適合♪**四到六歲、國小中低年級，男女皆可**

英語難易度♪**中等**

何處觀看♪**YouTube 官方頻道、圖書館借 DVD**

推薦理由

說到小兔彼得，一定要談談作者**碧雅翠絲**（Helen Beatrix Potter），一八六六年出生於英國的她，有一位小她六歲的弟弟。碧雅翠絲從小過著中產階級生活。她的父母鼓勵發展藝術，並接受她對自然史的狂熱。他們常常帶她去參觀畫廊與展覽，幫她安排上素描課。同時，她與弟弟在家中頂樓，養了各種寵物，包括兔子、老鼠、蜥蜴、蛇、蝙蝠與青蛙等，所以她畫的動物，十分精確。

家庭教育完成後，她開始埋首於畫畫與研讀自然史。然而，她發現身為女性且業餘的科學熱好者，難以有成就，所以放棄科學，開始轉而銷售所畫的動物情境圖。

她很善於用畫畫技巧娛樂小朋友。她在家庭教師摩爾結婚後，就常寄圖文並茂的信給摩爾的小孩。她總是以活潑的筆觸，在信中畫出家中寵物的趣事。後來為了鼓勵摩爾病榻中的長子，她畫了一封關於自家寵物兔子彼得的故事給他，這故事後來就成了家喻戶曉的《小兔彼得的故事》。

直到現在，人們還是十分喜愛那傳神、可愛又頑皮的小兔子。現在 YouTube 有官方版的全新動畫，雖然不是我們熟知的造型，但是 **3D 動畫十分精緻，孩子們有福了！**

❶

YouTube TW 搜尋

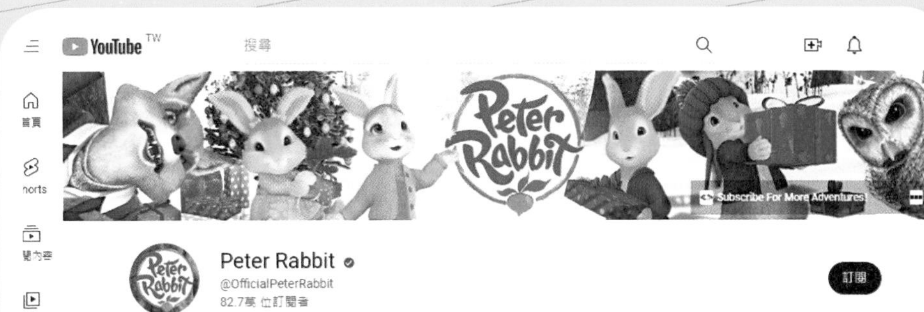

Peter Rabbit
@OfficialPeterRabbit
82.7萬 位訂閱者

訂閱

首頁 影片 SHORTS 播放清單 頻道 簡介

@Peter Rabbit - Time for #Christmas Tales | Rain & Sno...

觀看次數：29,615次・4 天前

Sit back, relax and get cozy over the Festive period, as it's time to enjoy a 1 hour special from Peter Rabbit, including all the icy rain and snow adventures. You don't want to miss this!

Subscribe For More Adventures: http://goo.gl/n6oFhZ

YouTube 官方頻道

❷

@Peter Rabbit - Time for #Christmas Tales | Rain &...

@Peter Rabbit - Getting Presents for Friends & Family This #Christmas...

@Peter Rabbit - THEME SONG! | Cartoons for Kids

@Peter Rabbit - Peter's COLD Adventures With Friends ...

@Peter Rabbit - Celebrating Friends, Family & Food ...

@Peter Rabbit - Can These Villains Be Defeated?! | Great...

@Peter Rabbit - #Christmas is Coming | Fun in the Snow,...

@Peter Rabbit - #Anti-Bullying Week 2022 | 'You Should Learn...

有非常多新角色穿插其中

Daniel Tiger's Neighbourhood

59

VIDEO

類型♪**綜合性兒童教育動畫，電腦動畫**
適合♪**四到六歲、國小中低年級，男女皆可**
英語難易度♪**中等**
何處觀看♪**YouTube 官方頻道**

推薦理由

我在美國時，會觀看美國公共電視 PBS KIDS，有時會重播個老節目叫 *Mister Rogers' Neighborhood* 就是本動畫頻道的前身。

***Mister Rogers' Neighborhood* 是一個老紳士 Roger 為孩子們分享人生的兒童節目，談的是身邊會發生的大小事情**。每一集開頭他都會穿上鞋子一面唱歌走出門，而他唱的歌，現在已經變成電腦動畫可愛的小老虎：Daniel Tiger 在唱的歌了！

時代在改變，孩子們也許不再愛看老伯伯為他們講鄰居美式發生的大小事，但是變成現代化的動畫，讓這個節目有了新的生命！

新版本的動畫 *Daniel Tiger's Neighbourhood*，描述小老虎丹尼爾與他的朋友們：O the Owl、Prince Wednesday、Katerina Kitty cat 等人物的生活大小事，在每個故事中，**小老虎丹尼爾學到生活技巧與人際溝通的方式，也值得你的孩子一起觀賞、學習。**

❶

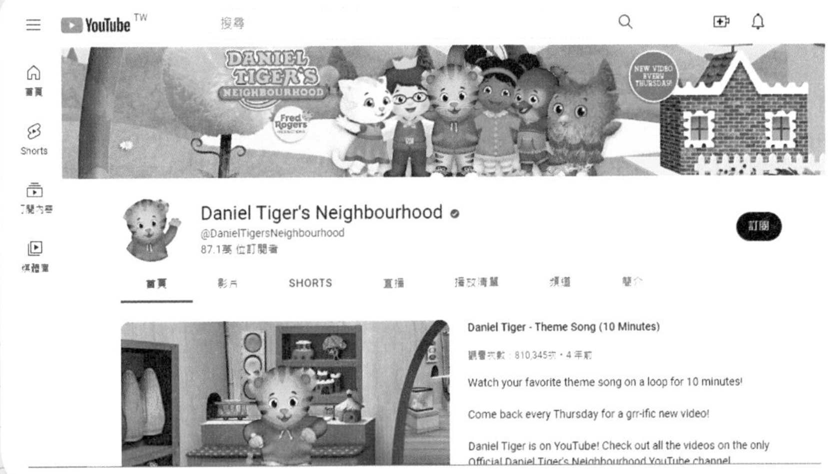

YouTube 官方頻道

❷

還有許多是高畫質影片，可透過 Chome Chast 在電視上觀看。

60

VIDEO

Thomas & Friends

類型♪ **歷久不衰的小火車故事，最新動畫版**
適合♪ **三到六歲、國小中低年級，男生為主**
英語難易度♪ **中等～偏高**
何處觀看♪ **YouTube 官方頻道、圖書館借 DVD**

推薦理由

《湯瑪士小火車》*Thomas and Friends*，之前稱為 *Thomas the Tank Engine & Friends* 是一個英國的兒童電視節目系列。

最早該節目是艾屈萊牧師（Rev. Wilbert Vere Awdry）與兒子 Christopher Awdry 共同創作的《鐵路系列》書籍。**書中描述一群住在虛構的索多島的火車及陸路運輸工具的冒險經歷。這些火車都有著人臉，而且編號不同、臉孔不同，個性與名字也不同！**

我兩個兒子在美國度過童年，他們很喜歡去當地的 Barns & Noble 書店（類似台灣的誠品書店）兒童區、或是圖書館兒童書區，玩湯瑪士小火車，因為這兩個地方都有提供木頭的火車與火車桌，免費給孩子試玩。現在想想也是難得，這些木頭火車其實並不便宜，但它們也沒因此消失！

這部動畫是許多火車迷小男孩的最愛，當然，我家也沒例外。其實裡面的對話小小孩未必都能了解，但是光看模型火車跑來跑去，就很值回票價了！

❶

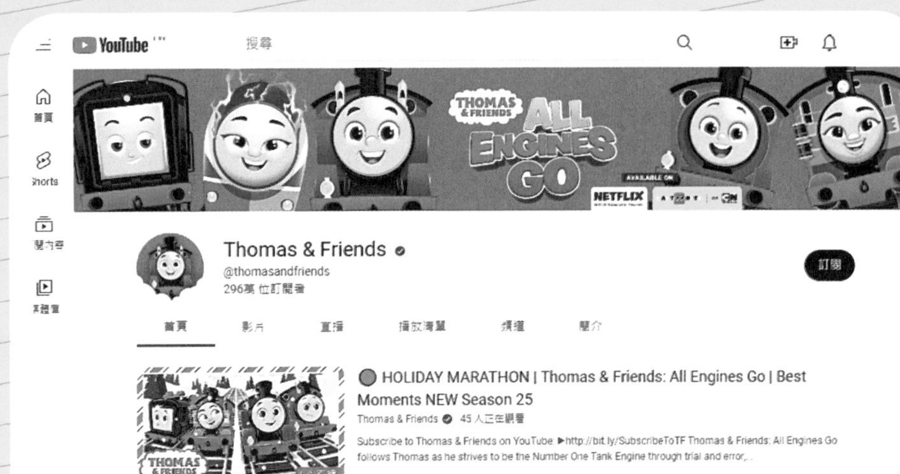

YouTube 官方頻道

❷

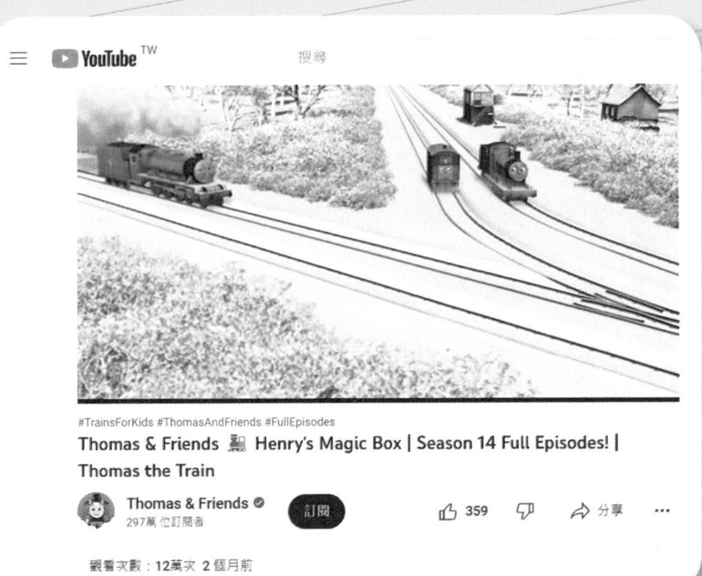

除了動畫之外，也有模型類的實演動畫。

Barney

類型♪**兒童唱跳綜合性節目，由粉紅色霸王龍帶領！**
適合♪**三到六歲、國小中低年級，男女皆可**
英語難易度♪**中等～中高**
何處觀看♪**YouTube 官方頻道、圖書館借 DVD**

61
VIDEO

推薦理由

《小博士邦尼》（*Barney & Friends*），是一部美國的兒童電視節目，PBS 曾播放過。節目中的霸王龍邦尼是粉紅色的。不像一般霸王龍給人兇暴的印象，**這隻粉紅恐龍很友善、喜歡小朋友，會用唱歌、舞蹈等形式跟節目中的小朋友一起唱唱跳跳。**

我不清楚為何邦尼的中文譯名，要加「小博士」這名號？可能是希望家長覺得這隻粉紅恐龍很博學多聞；但如果就「童謠」的部分來看，邦尼的確十分在行！因為每次影集中講到一半，邦尼就可以與現場孩子們唱一個相關的童謠，比如去到農場，它就唱 *Old MacDonald had farm*、*Bingo*，十分自然，沒有違和感。

我家孩子最喜歡的一集，是一個現場演出的 *BJ's birthday party*，這一集三個男孩都超愛看，一面看一面又唱又跳，好不開心。大概是我買過的影帶中 CP 值最高的了！

前兩章有介紹許多童謠，在 Barney 中常會出現，是學習的另一個好幫手；建議可以鼓勵孩子一起跟著影片跳舞（我家孩子們都很愛），不只是呆呆地坐著看而已。**多運動，身體好喔！**

❶

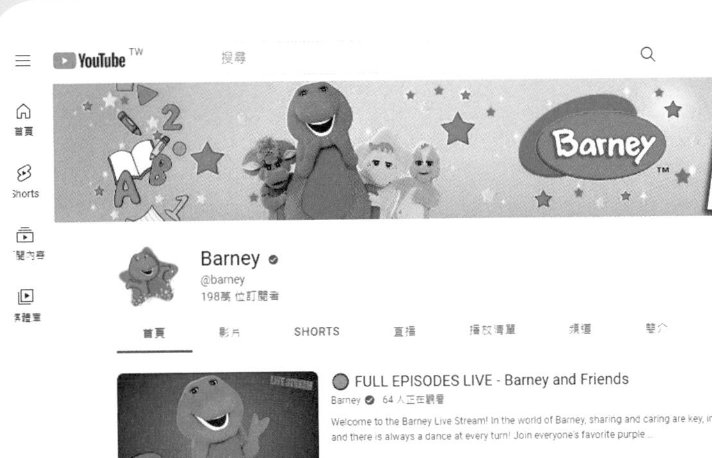

YouTube 官方頻道

❷

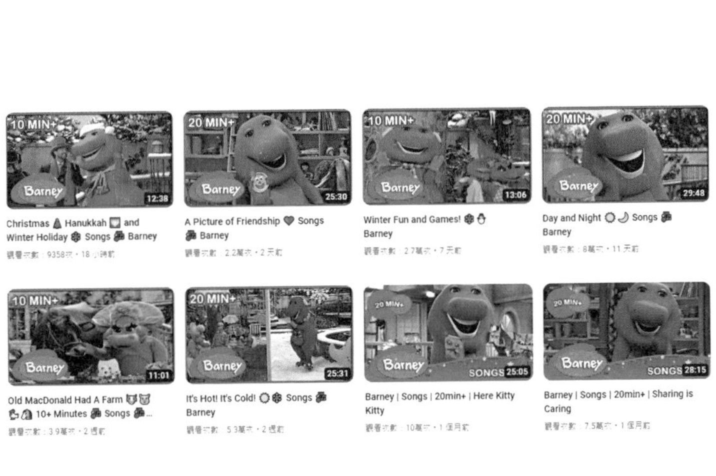

除了歌曲還有遊戲呢！

The Wiggles

類型♪**唱歌跳舞的四人團體**

適合♪**四到六歲、國小中低年級，男女皆可**

英語難易度♪**中等～中高**

何處觀看♪**YouTube 官方頻道、圖書館借 DVD**

62

VIDEO

推薦理由

二〇〇四年有四個澳洲愛唱歌跳舞的大男人：Greg、Jeff、Murray、Anthony，四人組成了「The Wiggles」！從此紅遍江湖……不，紅遍兒童界，**因為他們唱歌超好聽，舞蹈編得也十分容易學**，他們的粉絲包括了許多在美國長大的孩子，我家老大小熊哥就是其中之一！他曾收藏許多 wiggles 的貼紙，還有 T 恤，長大也捨不得丟掉。

這四人穿著黃、紫、紅、藍四個顏色，分別是 Greg、Jeff、Murray、Anthony；每個人還有自己的固定特色，如：Jeff 愛睡覺、Murray 愛彈樂器、Anthony 愛吃水果沙拉，而 Greg 是領導者。演場會時，Jeff 動不動就站著睡著了！台下孩子們就大叫：「Wake up! Jeff!」但不久後，保證 Jeff 又會睡著！「Wake up Jeff!」的遊戲又可以繼續玩下去。

時光飛逝，小熊哥已從當年的四、五歲，變成十五歲的少年了！當然，以前的 Wiggles 也垂垂老矣。還好，目前這團體還在，Anthony（藍衣）、Lachlan（紫衣）、Simon（紅衣）、Emma（黃衣，女性）。只是我家已經長大的青少年看到新版的成員，說很懷念以前的 Greg、Jeff、Murray，真是天下無不散的宴席啊……

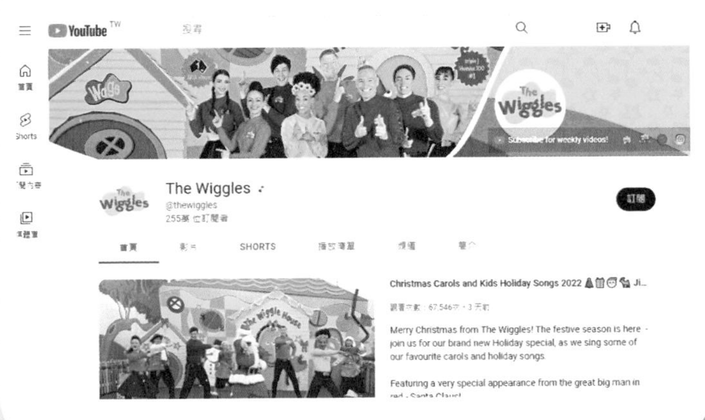

YouTube 官方頻道

YouTube TW

The Wiggles | Big Red Car 🚙 Wheels On The Bus 🚌 Nursery Rhymes | Kids Songs for Preschool

喜歡 分享

觀看次數：900萬次 1 年前 #thewiggles #nurseryrhymes #kidsmusic

這首是 The wiggles 的招牌成名曲，
我家孩子小時候都最喜歡唱這首歌。

Super Why

類型♪**學習英語拼字、英語閱讀的電腦動畫**
適合♪**四到六歲、國小中低年級，男女皆可**
英語難易度♪**中等～中高**
何處觀看♪**YouTube 官方頻道、圖書館借 DVD**

63

VIDEO

推薦理由

Super Why! 是美國公共電視 PBS kids 知名節目，在台灣的東森 YOYO 台也有播過。故事每一集開始會發生一個難以解決的問題，接下來會演出一部童話故事，根據童話故事的改編，找到解決問題的答案。

Super Why! **每集都有一個童話故事做延伸主題**，像是三隻小豬、糖果屋、豌豆公主、小紅帽等，**這些故事會被改編成適合的問題來發展，是本動畫片很有趣的地方。**

在故事進行中，融合了英文單字的教學遊戲。孩子在觀賞時可以學到：
一、如何**解決常發生的問題**。
二、**學習英文單字拼法**。
三、**熟習一則童話故事**。

本影集也有提倡**男女平等、族群平等**的觀念，如四位主角中的公主，不在是白人，看起來是非裔，但這位公主機智又勇敢，常解決了許多問題；男主角 Whyatt 看起來也非白人，比較像墨西哥裔，的確符合美國社會的要求。

本影集可以增**強孩子的字彙與閱讀理解能力**，十分推薦親子共賞！

❶

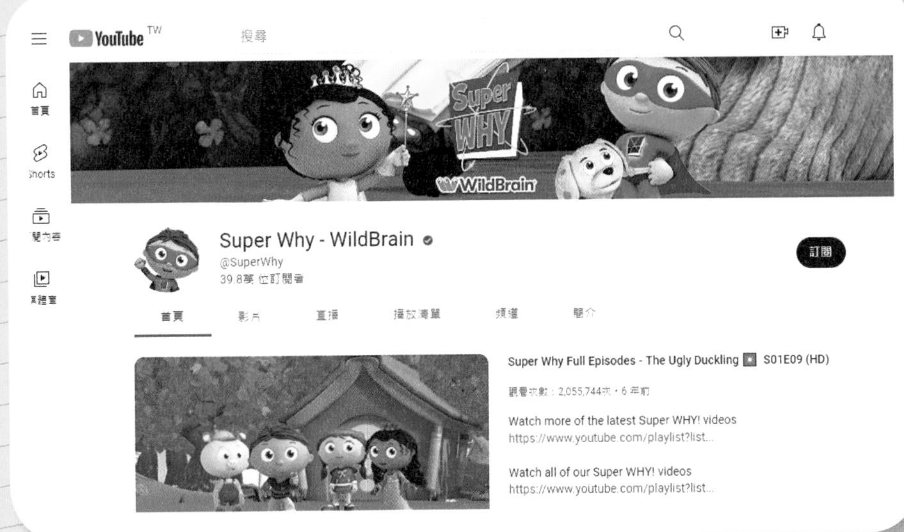

YouTube 官方頻道

❷

還可以把字幕打開，幫助學習非常便利！

WordWorld

類型♪綜合性兒童教育動畫，電腦動畫
適合♪四到六歲、國小中低年級，男女皆可
英語難易度♪中等
何處觀看♪YouTube 官方頻道

64

VIDEO

推薦理由

WordWorld（ABC 好好玩），曾得獲二〇〇八年艾美獎，其特色是「**每個人物角色都是 3D 呈現**」，**並將其英文單字字母轉換入其角色造型內**，如：房子就是 HoUse 拼出來的，而房子的形狀也看得出這些字母。又如鴨子 Duck，則是在鴨的身體內可以看到 DUCK 字母，狗就是 DOG 三個字母變形而成。

故事描述在 *WordWorld* 中，住了一群不同個性的可愛動物，有喜歡玩遊戲的狗、勇敢又愛冒險的熊、可愛又迷糊小鴨、見義勇為的青蛙、愛美食的小豬、以及幻想能當英雄的小羊等，**他們每天都會面臨新的挑戰，必須將英語單字拼出來，才能完成任務。**

在故事的對話中，會一直重覆每個角色的英語發音，可以無形中讓小朋友吸收各種物品的英文名稱和拼法，這是十分有創意的設計。本節目設計的理念，是希望增進孩子：
一、對印刷文字的認識（Print Awareness）
二、培養語音意識（Phonological Sensitivity）
三、對字母的認識（Letter Knowledge）
四、培養口語及書面語的理解能力（Comprehension）
五、培養社會情感能力（Socio-Emotional Skills）

本節目充滿歡樂氣氛，能讓兒童在沒壓力、不害怕的情形下學會新的英文單字！

❶

YouTube TW 搜尋

首頁
Shorts
訂閱內容
媒體庫
觀看記錄
你的影片
稍後觀看
喜歡的影片
訂閱內容
音樂
體育
遊戲

WordWorld

WordWorld
@wordworld
9.36萬 位訂閱者

首頁 影片 播放清單 頻道 簡介

Welcome to WordWorld
觀看次數：985,362次・3 年前
Welcome to WordWorld, the first preschool series where words are truly the stars of the show! Come along for an adventurous romp into a vibrant world of words with the WordFriends– animals whose bodies are made up of the letters that spell the word they are.

YouTube 官方頻道

❷

YouTube TW 搜尋

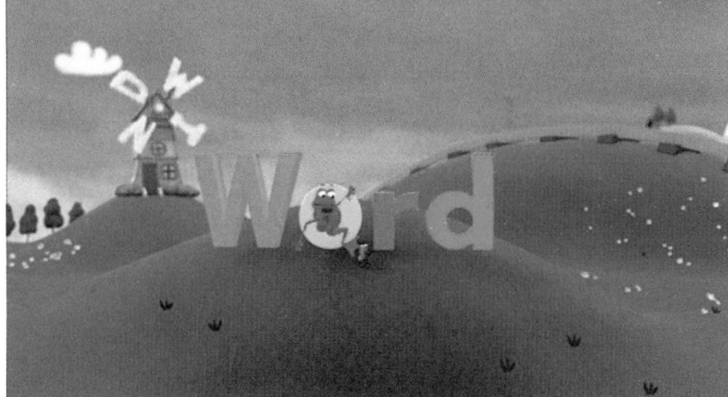

Welcome Home Duck/The Lost Letter L | WordWorld

WordWorld
9.36萬 位訂閱者

811 分享 …

觀看次數：27萬次 3 年前

每首歌都可增加孩子對印刷字形的印象

65

VIDEO

Bob the Builder

類型♪關於建築、工程的動畫
適合♪四到六歲、國小中低年級，偏男孩，但女孩可試試
英語難易度♪中高級
何處觀看♪YouTube 官方頻道、圖書館借 DVD

推薦理由

本影集是**英國 BBC 於一九九九年開始播出的著名卡通，已在世界上一百四十多個國家播出**。在英國的學前教育節目評級中獲得最高的級別；在德國學前兒童教育節目中也曾排第二位。故事描述在一座美麗的小鎮上，有一位名叫巴布的建築工程師，他熱情、正直、善良，建築本領更棒。

巴布有很多得力的助手，如：紅色推土機馬克、黃色推土／挖土機耍酷、吊車小芙、壓路機羅利、攪拌機狄絲，**這些小夥伴不只是建築機器，都有臉孔，也會說話，有時也會發發脾氣；他們是巴布的好朋友，一起與巴布建設這座美好的城市**。

巴布與夥伴們每次要出發進行任務時，都會先一起喊一個口號：
「我們行不行？（Can We Fix It?）」
「一定沒問題！（Yes, We Can!）」
這也成為節目中必定出現的高潮。

在美國萬聖節時，我看過許多幼兒園孩子喜歡扮成巴布，我家男孩也有曾經是他粉絲的時候（可惜之後移情別戀，愛上了 Super Heros ！）**本影集可以讓孩子學到許多建築有關的原理與英文，以前是黏土動畫，現在有了全新電腦動畫版**！題材特別，值得觀賞看看～

❶

YouTube 官方頻道

❷

最新的電腦卡通版很耐看，喜歡工程車的小朋友別錯過！

66

VIDEO

The Backyardigans

類型♪ **綜合性＋音樂歌舞的兒童電腦動畫**
適合♪ **四到六歲、國小中低年級，男生為主，女孩可試試**
英語難易度♪ **中～高等**
何處觀看♪ **YouTube 官方頻道**

推薦理由

Backyardigans（花園小尖兵）是美國知名的 Nick Jr. 卡通頻道，最受歡迎的兒童音樂冒險節目之一。他獲獎無數，二〇〇八年獲得雙子星獎最佳動畫影集提名、也曾獲得**艾美獎的「最佳動畫師獎」和「傑出特別動畫獎」**！

本影集每一集都有不同的「**音樂類型**」。我家孩子喜歡跟著主角們唱歌、跳舞，故事都是講後院裡一起玩的想像，主人翁在故事中盡情發揮想像力，想想自己去了荒島尋寶、去美國西部探險、搭乘太空船去宇宙遊歷！

藉由故事中許多圖像，孩子可以快速理解故事內容，並且讓孩子培養想像力。

這套動畫我家兒子在美國時超喜歡，但是圖書館只有幾片，所以我曾到開車一小時遠的影帶出租店去借！如今，**YouTube 已正式成立了官方頻道，現在孩子想看隨時都有影集可試看**，真是太幸福了！

本故事因為很受歡迎，也有出許多**英語繪本**。我家迷你熊四歲的床頭閱讀書，就是這主角的繪本故事。有興趣也可以找繪本來讀讀喔！

❶

YouTube TW 搜尋

首頁

Shorts

訂閱內容

媒體庫

The Backyardigans - Official

@TheBackyardigansOfficial

37.4萬 位訂閱者

訂閱

首頁 影片 播放清單 頻道 簡介

Backyardigans Show Opener

觀看次數：5,834,200次・8 年前

SUBSCRIBE to The Backyardigans - Official channel: http://goo.gl/W3mRFb

For more of your favorite shows and full episodes SUBSCRIBE to Treehouse Direct: http://goo.gl/IsTLa7

YouTube 官方頻道

❷

YouTube TW 搜尋

The Backyardigans: Save the Day - Ep. 36

The Backyardigans - Official

37.5萬 位訂閱者

訂閱

7005 分享 下載 儲存 ...

觀看次數：165萬次 6 年前 The Backyardigans 第 2 季 第 16 集

故事精采，孩子們容易進入情境！

Arthur

類型♪**雖是動物，其實是擬人的校園生活卡通**
適合♪**五到六歲～國小中年級，偏男生，女孩可試試**
英語難易度♪**中偏難**
何處觀看♪**YouTube 官方頻道**

67

VIDEO

推薦理由

一九九六年，*Authur*（亞瑟小子）的故事正式登上美國公共電視 PBS Kids，讓他成為家喻戶曉的卡通人物，是美國公共電視最受歡迎的兒童節目之一，也**創下五度榮獲艾美獎的殊榮**。

二〇〇二年，台灣迪士尼頻道也開始播放，大受歡迎。其相關系列圖書，在美國銷售超過六千萬冊，多次榮登《紐約時報》暢銷書、獲得多項最佳童書獎。

Authur 的誕生是作者馬可・布朗（Marc Brown）為兒子講的床前故事，兒子要求爸爸在睡前說一個怪物的故事；Marc Brown 順著英文字母 ABC 的次序想到叫 **Arthur 的食蟻獸（aardvark）**的靈感。一九七六年，第一本關於《亞瑟小子》繪本系列《我愛大鼻子》出版！就此開啟了《亞瑟小子》的傳奇。

亞瑟的故事多半是關於小學生遭遇的各種問題，例如掉牙齒、睡過頭、戴眼鏡、養寵物，參加夏令營等。

我家孩子很喜歡唱 Arthur 的主題曲，其中一段，特別有意義：
You got to listen to your heart,
Listen to the beat,
Listen to the rhythm, the rhythm of the street.

Open up your eyes, open up your ears
Get together and make things better by working together
It's a simple message and it comes from the heart
Believe in yourself ---
Well that's the place to start!

作者不會正面說教，但是會在自然中傳達「**忠於自己**」與「**相信自己**」的概念！「You got to listen to your heart」真是很有道理！

❶

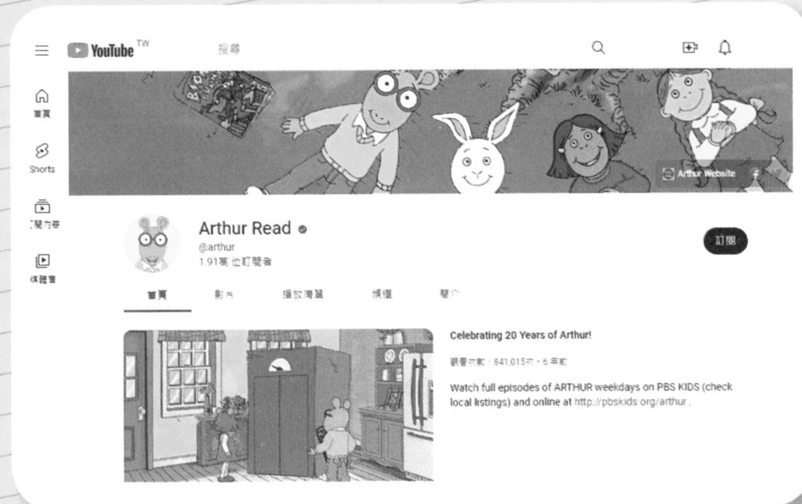

YouTube
官方頻道

❷

亞瑟與作者本人對談，
十分有趣

68

VIDEO

Octonauts

類型♪**關於海底探險與救援的小隊，電腦動畫**

適合♪**五到六歲、國小中低年級，男女孩皆可試試**

英語難易度♪**中等偏一點難**

何處觀看♪**YouTube 官方頻道**

推薦理由

Octonauts（海底小縱隊）是比較新的兒童電腦動畫，Octonauts 指的是一群大約八個成員的救援小隊，包括了：企鵝、北極熊、貓咪、兔子、松鼠……他們在海底有一個高科技的基地，也有許多潛艇，其主要任務是：**探索海洋底層、救助神奇的海洋生物！**

本動畫是由英國 BBC 公廣集團旗下 CBeebies 的節目，內容以集體「挑戰」與「探索」為主題，Octonauts 海洋救援隊，包括了：北極熊隊長、企鵝隊醫、動物學家海盜貓、章魚教授、兔子工程師、蘿蔔廚師等。

我家孩子最喜歡的其中一集，是講遇到海底火山爆發的故事。故事中所有的 Octonauts 分工合作，大家通知火山岩層附近的動物快點撤離，最後有驚無險、化險為夷！雖然每一集故事只有十五分鐘，可是劇情緊湊，充滿海底的奇想，十分能抓住孩子的心。

現在人類製造大量垃圾、環境汙染，海洋也遭受生態浩劫！許多海洋生物面臨生存危機，藉由這個動畫片，喚起孩子**愛護海洋、愛護地球的使命感**，應該是本動畫的核心精神！家有喜愛海洋的孩子，請勿錯過。

❶

❷

Octonauts: Above & Beyond - Happy Thanksgiving!  | Compilation | @Octonauts

 Octonauts 116萬 位訂閱者 訂閱 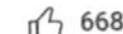 668  分享 ⋯

觀看次數：18萬次 1 個月前 #OctonautsAB #Octonauts #happythanksgiving

裡面的隊長是很多小朋友喜愛的角色呢！

69

VIDEO

Sid the Science Kid

類型♪喜歡科學的男孩 Sid 的故事，主要以科學教育為主
適合♪五到六歲、國小中低年級，男生為主，女孩可試試
英語難易度♪中高等
何處觀看♪YouTube 官方頻道

推薦理由

Sid the Science Kid（科學小子席德）是一個以推廣科學為主的兒童動畫。近年來，**美國積極推動科學教育，因為他們發現美國孩子的科學能力跟其他國家比起來**，有落後的趨勢。事實上的確如此，外子在美國做生化的博士後研究時，實驗室很少本土的美國學生。

長久以來，美國學生比較擅長文法商科，理工則比不太上外國學生。美國的科學研究，一直依賴來自國外專業的人才，本國的基礎科學教育漸漸開始出現問題、開始落後其他國家，所以**美國政府推廣了 STEM 計畫，STEM 指的**是：
科學（Science）
技術（Technology）
工程（Engineering）
數學（Mathematics）

希望藉此鼓勵學生主修**科學**、**技術**、**工程**和**數學**四大領域，也提升學生的科技素養。有鑑於此，美國圖書館暑假也推動科學閱讀，美國公共電視更製作了水準以上的兒童科學節目，本節目則是其中一例。

節目主角 Sid 是一個很喜歡發問、很有科學精神的孩子，他常想一些稀奇古怪的問題，如：香蕉為什麼不吃會爛掉？果汁的吸管是如何把果汁吸上來的？鳥又沒坐飛機怎麼可以飛？人為何不能飛？

本節目是由知名的芝麻街製作公司 The Jim Henson Company 所發想與製作，很具有水準。**家有喜歡科學的孩子，不論是幼兒園或小學，都推薦來看一看。學英語也學科學知識，真正一舉兩得！**

❶

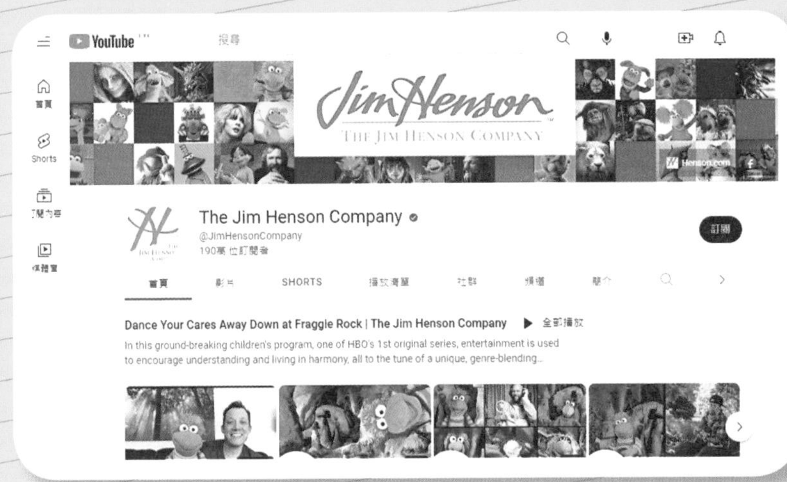

YouTube 官方頻道

❷

The Sid the Science Kid Theme Song! - The Jim Henson Company

The Jim Henson Company

觀看次數：643萬次 8 年前

主題曲

其中一集

Fireman Sam

類型♪**救火隊員 Sam 的 3D 動畫，描述消防隊日常英勇故事**
適合♪**五到六歲、國小中、低年級，男生為主，女孩可試試**
英語難易度♪**中偏高**
何處觀看♪**YouTube 官方頻道、圖書館借 DVD**

70

VIDEO

推薦理由

我家三個男孩，都有一個階段（大約是三到五歲時）很崇拜消防隊員、喜歡紅色的消防車，因為不論在美國幼兒園或台灣幼兒園，都會帶孩子參觀消防隊，或是請消防隊員來做演習。

當孩子有機會登上消防車、拿著水柱噴水、與帥氣的消防隊員合照時，小小的崇拜也因此而生！**Fireman 就是他們心中最早的、最神奇的超級英雄**（Super hero）！

這部影片是英國製作的，連口音都很英國腔，我在美國時其實並未看過。等回台定居時才偶爾發現，找來給老三迷你熊試看。

沒想到，試看結果出乎意料地好！雖然當時老三才三歲，不太能完全聽懂影集內的英文（這比佩佩豬要難懂一些），但是他仍看得津津有味，常常吵著要看！只是我只找得到兩片 DVD，想多看也沒了。

當時我找到的 *Fireman sam* 還是**黏土動畫版**，現在已經有**最新的電腦動畫版本**，而且，還放在 YouTube 的官方頻道上，家有喜歡消防隊員的孩子，千萬別錯過這麼好的免費資源喔！

❶

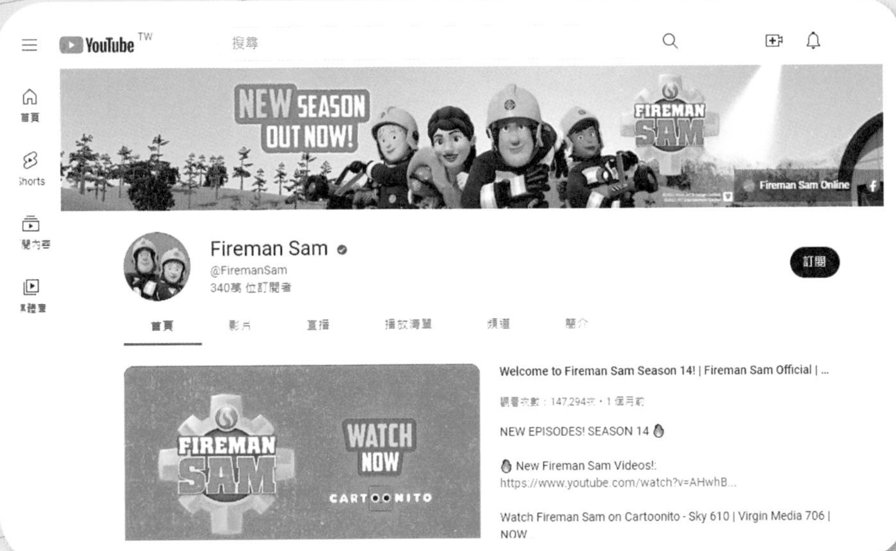

YouTube 官方頻道

❷

#FiremanSamUK #FiremanSam

Trouble on the Train Tracks! | NEW Episodes | Fireman Sam | Kids Cartoon

Fireman Sam
341萬 位訂閱者

訂閱

507

分享

觀看次數：18萬次 1 年前

救火畫面逼真，情節緊湊，還有看不完的消防車！

CHAPTER 4

HOLIDAY

Halloween

Turkey

4. 用西洋節日來加深印象

在美國生活，與台灣生活最大不同的感觸，就是：四季分明、節慶活潑有趣！

當然，美國也不是每一州都有分明的四季，以前住在德州休士頓附近，與台灣就很類似：四季變化不大，樹木常綠！但是搬到北邊美國中西部以後，才發覺「有四季變化的生活，實在美麗！」春擁滿城花樹、夏夜螢火飛舞、秋拾滿地紅葉、冬賞靄靄白雪。**四時變化，增添了人對大自然顏色百變的敏感度，也讓人更有過節的心情。**

我一直認為：**語言教育不只是學表面的發音、文法而已。**以前我在大學自學日文，也在研究所時到日本當過企業實習生，在東京 Home stay，借住日本寄宿家庭也一起過節。我覺得，**學語言，若能學到語言背後的文化意涵、風土民情，才是真正學到內容，而非皮毛而已。**

下面會列出幾個重要的西洋節慶，文化即生活，生活即文化，要了解西方的世界及其語言，一定要先了解他們的重要節日！華德福教育也強調根據四時變化來布置家庭、慶祝不同的節日，**讓孩子有一種季節輪替的規律感與喜樂感受！**

所以，**建議家長也可以在家中，與孩子開心布置一些西洋節日、一起跟著西方的習俗慶祝一下**，不但能增加孩子對英語的好奇心與親切感，也讓孩子更了解與我們不同的文化知識！

Valentine's Day

日期 ☀ 二月十四日

節日意義與特色

俗稱西洋情人節，但是在美國並不是只有情人們才慶祝喔！學生也會互換各種「Valentine」！（情人節卡片）

主要顏色或裝飾

愛心（Heart），以粉紅色與紅色的愛心為主，可以做愛心卡片或心型巧克力

71

HOLIDAY

據說本節日由來是古羅馬皇帝為了增兵，下令所有單身男子都要從軍、不許結婚！但是，有一位叫**華倫泰（Valentine）的修士不顧危險替相愛的人證婚**，結果被抓到，在二月十四日被絞死！為了紀念他，人們將每年的二月十四日定為 Valentine's day，後來變成西洋的「情人節」。

接著在中世紀英國，未婚男女流行一種遊戲：把名字寫在紙條上，男女互抽名字（有點像台灣小天使、小主人的遊戲），抽中兩人要互相交換禮物，**女子在這一年內成為男子的「Valentine」，男子會照顧和保護該女子！**所以之後演變為在西洋情人節，男女朋友常對彼此說：「Be my Valentine」。

我家老大在美國念書時，學校老師都會教孩子用早餐麥片的紙盒，裝飾成一個小信箱，然後二月十四日當天要孩子帶「Valentine」（可以自製或用買的卡片，通常會黏一顆糖果！）來學校，把卡片放到每一位同學的小信箱裡！當然，老師也要一份。表示對老師與同學的喜愛，所以我才了解：**原來在西方，情人節不只是情人的事情而已，學校也有感謝的活動！**

兒子與我自製「Valentine」
要送給同學與老師

二月十四日兒子收到的各種
「Valentine」！

如果班上有十六人，孩子就會收到十五張卡片，不過我兒子都說這是**「年度發糖日」的第一彈！**（之後還有好幾個節日都發很多糖果）只見他開心地看著卡片、數著各種糖果：巧克力、棒棒糖等，我小學時可沒這種活動，也算是見識到了！

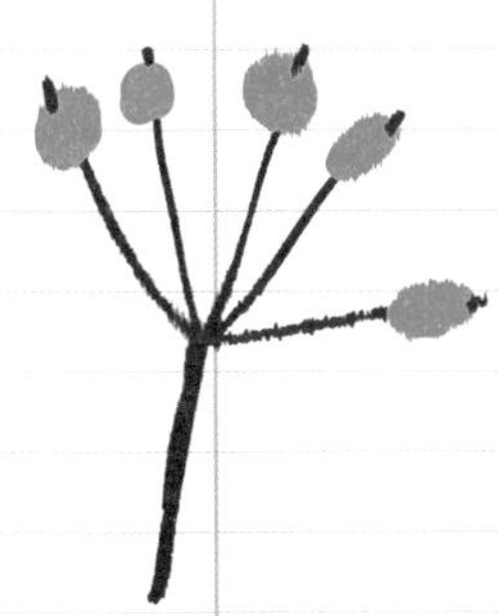

在台灣，爸媽也可以在家中布置一下，然後帶孩子自製一些「Valentine」，送給長輩或兄弟姊妹。記得附贈一顆巧克力，表示對對方的喜愛與感謝！

在家過節的做法：

❶ 與孩子一起自製「Valentine」（情人節卡片），貼上一顆糖果，送給家中親人，如爸媽、爺爺奶奶、外公外婆。表達對他們的感謝。

❷ 一起用剪紙做成愛心的形狀，布置客廳或玄關。

Saint Patrick's Day

日期 ☀ 三月十七日

節日意義與特色

愛爾蘭裔美國人的慶祝日，今日不分族裔一起慶祝

主要顏色或裝飾

綠色為主；裝飾物為綠帽子、綠衣服、苜蓿幸運草

72 HOLIDAY

這是紀念愛爾蘭的聖派翠克主教的節日。據說前往愛爾蘭的這位主教，想勸說當地人**改信基督教，當地憤怒的非基督徒想用石頭砸死他**，他卻無懼的摘下三葉苜蓿，說明了**聖父、聖子、聖靈三位一體的教義**。他的演說使愛爾蘭人深受感動，並接受了他的信仰。

聖派翠克節在西方廣為慶祝，**美國是愛爾蘭人移民最多的國家之一**，占人口總數約百分之十二，僅次於德國裔。愛爾蘭人移民美國歷史久，對美國貢獻也很多，歷任美國總統也有愛爾蘭血統，如歐巴馬、大小布希、柯林頓、雷根、卡特、尼克森、甘迺迪等。

美國的聖派翠克節這一天，人們通常要舉行遊行、教堂禮拜和聚餐等活動。**美國的愛爾蘭人喜歡佩帶三葉苜蓿，除了服裝外，食品、玩具等在節日期間都會帶上綠色。**

為何是綠色？因為在愛爾蘭的傳說中，如果穿上綠衣綠帽，會吸引看守金子的小妖精出來！到現在 St. Patrick Day 的紐約街頭，無論是否身為愛爾蘭人，人們都愛穿著綠色衣帽，到處是綠色布條和裝飾，真正變成了「綠世界」！

慶祝聖派翠克節的食物有：**愛爾蘭咖啡、啤酒、鹹牛肉燉菜**，傳統裝飾物是**三葉苜蓿**（也是愛爾蘭的國花）、綠色帽子、馬鈴薯，所以「綠帽子＋幸運草＋啤酒」就是 St. Patrick's Day 的代表符號！

在家慶祝的做法：

❶ 找出所有綠色的服飾：戴綠色的帽子（雖然中國男人不太喜歡）、穿綠色的衣服。

❷ 用綠色的串珠，串成長項鍊，給孩子帶在身上。

❸ 找一個小盒子當作是寶藏盒，裡面放著金幣巧克力（表示看守金子的小妖精的禮物）。

❹ 對於這個東方人比較不熟的節日，建議找專門介紹手作的網站，請用關鍵字打：st patrick's day crafts

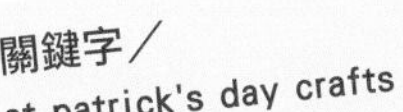

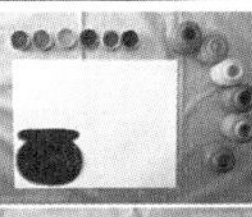

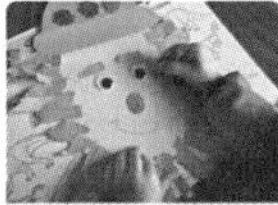

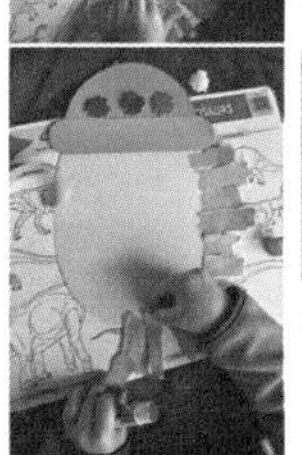

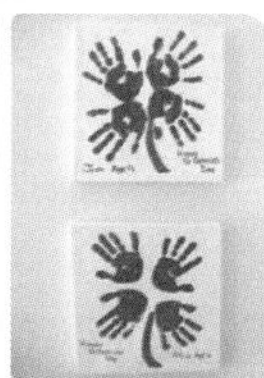

Easter Day

日期 ☀ 每年會變動，約在三月底或四月

節日意義與特色	主要顏色或裝飾
慶祝耶穌死而復活的節日	復活節彩蛋、兔子、百合花

73

HOLIDAY

復活節在西方社會是十分重大節日，僅次於聖誕節。根據《聖經》上面記載著，耶穌基督在星期五被釘死於十字架上，由於星期六是安息日不能下葬，追隨者在星期五將遺體草草安葬在一個墓穴，等星期日早上再去看時，耶穌的屍首已經不見了！還有人說：看到耶穌基督復活了！自此，**基督復活的星期日稱為「復活節」**。

牛津大學出版的辭典中有復活節日期的規定：「復活節，在三月二十一日或該日後月圓以後第一個星期日。」所以**每年的復活節日期是會變化的**。

蛋象徵初春一切恢復生機，兔子象徵多產和生命力。商店在此節日前開始賣正式的春裝，尤其是女士與小女孩的洋裝，以代表春天的淺紫、淺粉為主，十分賞心悅目，因為**復活節，也算是西方社會春季社交季的正式開始！**

雞蛋、小雞、小兔子、鮮花，特別是百合花，是復活節的象徵；在復活節前夕，孩子們為朋友和家人給雞蛋著色。到了復活節早上，有的孩子們會穿戴正式去教會做禮拜、找彩蛋，有的則是**在家中或公園裡玩找彩蛋的遊戲**。

百合花是復活節的象徵之一

以前彩蛋很多是用真蛋來彩繪的，現在的彩蛋則許多是塑膠的，其中由大人先放好各式糖果（多半是巧克力！）所以，這是**自 Valentine's Day 後，又一個灑糖果的大日子！**

多年前，我家小熊哥去美國教會撿彩蛋活動，只見在場孩子紛紛搶著撿蛋，小熊哥也奮力一搏。不知何時後方來了一個可愛的小美女，對小熊哥說：「可以分一些給我嗎？」

只聽到小熊哥頭也不回乾脆地說：「NO!」
唉，這年紀，美女不如巧克力有吸引力啊！（至少你也回個頭吧？）

在家慶祝的做法：

❶ 把雞蛋煮熟晾乾，用食用色素或無毒顏料與孩子一起裝飾彩蛋！
❷ 把裝飾好的彩蛋（也可以上網去買塑膠的），藏在家中。或是附近社區公園，給孩子一個小籃子，讓他們可以去找彩蛋。
❸ 這些真的蛋，之後可以剝開來做馬鈴薯沙拉吃。
❹ 也可以用彩色紙剪一些兔子的圖案，裝飾在家門口或是小孩房間。
❺ 上網找手作資訊，關鍵字：easter crafts kids

孩子到處試圖找彩蛋時，很可愛。

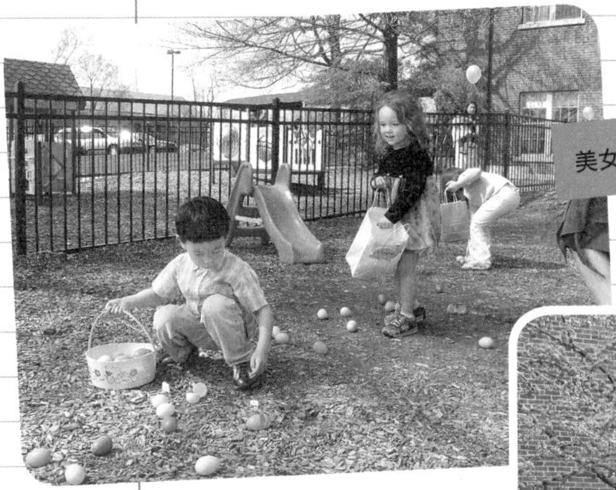

美女不如巧克力有吸引力

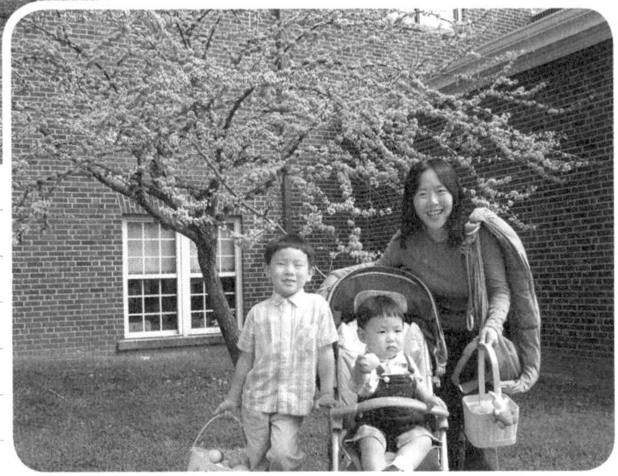

關鍵字／
easter crafts kids

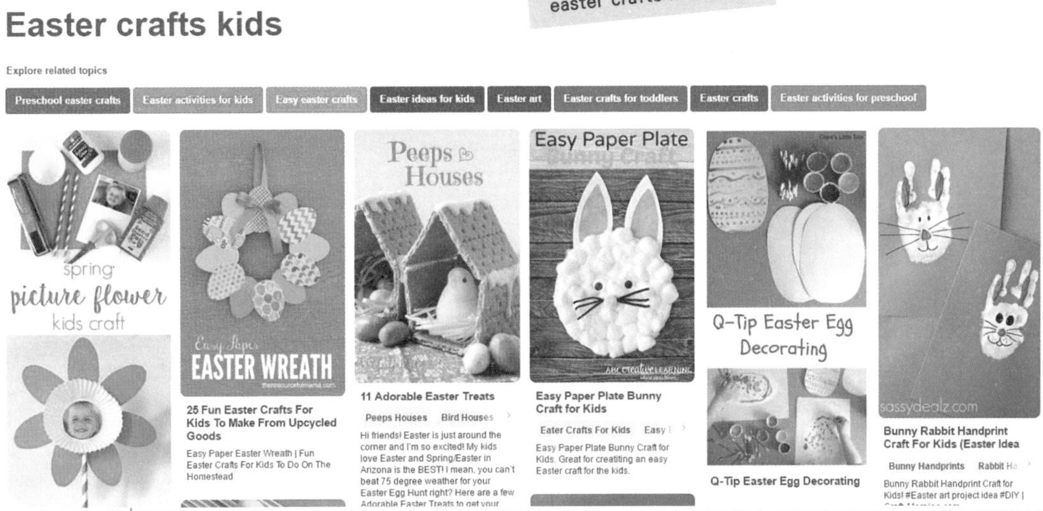

Easter crafts kids

Explore related topics

Preschool easter crafts | Easter activities for kids | Easy easter crafts | Easter ideas for kids | Easter art | Easter crafts for toddlers | Easter crafts | Easter activities for preschool

25 Fun Easter Crafts For Kids To Make From Upcycled Goods

Easy Paper Easter Wreath | Fun Easter Crafts For Kids To Do On The Homestead

11 Adorable Easter Treats

Peeps Houses　Bird Houses

Hi friends! Easter is just around the corner and I'm so excited! My kids love Easter and Spring/Easter in Arizona is the BEST! I mean, you can't beat 75 degree weather for your Easter Egg Hunt right? Here are a few Adorable Easter Treats to get your

Easy Paper Plate
Bunny Craft

Easy Paper Plate Bunny Craft for Kids

Eater Crafts For Kids　Easy

Easy Paper Plate Bunny Craft for Kids. Great for creatiting an easy Easter craft for the kids.

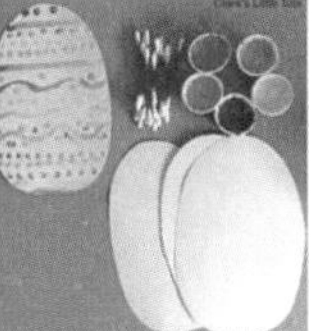

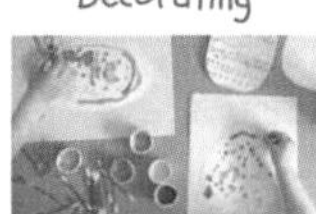

Q-Tip Easter Egg Decorating

Bunny Rabbit Handprint Craft For Kids (Easter Idea

Bunny Handprints　Rabbit Ha

Bunny Rabbit Handprint Craft for Kids! #Easter art project idea #DIY |

Halloween

日期 ☀ 十月三十一日

節日意義與特色

萬聖節，是西洋的鬼節，但如今卻多了些歡樂的氣氛。

主要顏色或裝飾

代表秋天的橘色為主。裝飾品有南瓜燈、巫婆、蜘蛛網。

74

HOLIDAY

西洋的**「萬聖節」相當於我們的「中元節」**，但又不是那麼類似；在東方，中元節是超度亡魂、弔念死者的日子，在西方，則是傳說所有的鬼魂、巫婆以及死去的鬼魂，都將在傍晚時出來。

「萬聖節」字意來自「神聖的晚上」或是「視為神聖的晚上」。古代的愛爾蘭和蘇格蘭一帶的人民很害怕萬聖節的來臨，因為**傳說鬼魂會占據人類的身體，他們想要把鬼嚇走，所以在自己臉上繪上圖案、也把奇裝異服穿在外面，好嚇走鬼魂**，同時也在南瓜上刻著可怕的臉孔，並且把蠟燭放在南瓜裡面。

如今少了恐怖氣氛，萬聖節變成了年底節慶的序曲（接下來是感恩節、耶誕節）；今日萬聖節，人們不再感到害怕，反而覺得萬聖節很好玩。在這一天，人們用巫婆、鬼、骷顱骨架等圖案來裝飾他們的房子。孩子們則打扮成嚇人的模樣，去附近鄰居家玩著**「不給糖，就搗蛋（Trick or Treat）」**的活動。

我曾陪小學二年級的小熊，參加過美國同學家辦的萬聖節派對，女主人在門口放著家人自己刻的南瓜燈，也自製許多與萬聖節相關的糕點，連男主人打扮的陸戰隊隊員，以及兒子身上星際大戰的衣服，都是她親手打扮、縫製的，真是嘆為觀止！

南瓜是這個節日的
重要裝飾！

說實話，我自己在美國有幫孩子縫過一套「羅賓漢」的服裝，還得到當地兒童變裝比賽的優勝獎。得不得獎是其次，讓孩子穿自己做的衣服去討糖，也是一種難得的體驗啊！

在家慶祝的做法：

❶ 現在台灣也有很多人慶祝萬聖節，去買一些小裝飾品來放在玄關門口。

❷ 幫孩子買一些變裝道具，小男孩多半喜歡超級英雄，小女孩喜歡公主類，不過也不並拘泥於性別刻板印象。我就曾把我家迷你熊打扮成小紅帽，他也玩得很開心！

❸ 開個家庭小派對，邀請孩子的朋友一起來同樂，讓孩子變裝玩個痛快！

Thanksgiving Day

日期 ☀ 十一月的第四個星期四

節日意義與特色

原本是清教徒感謝上帝給予豐收，後來在美加變成年度家人聚會的重要節日。

主要顏色或裝飾

橘紅色為主。基本上延續萬聖節，只是少些鬼怪氣氛。秋天的落葉、稻草人、南瓜。

75 HOLIDAY

感恩節是美國和加拿大的獨特節日，為感謝清教徒的上帝賜予一年度豐收的祝福。**美國感恩節定於每年十一月第四個星期四。**

西元一六二〇年，五月花號船載滿英國清教徒到達美洲。因水土不服，當年冬天不少人饑荒或染病而亡。最後**在印第安人幫助下，新移民學會了狩獵、種植玉米、南瓜**，並在來年迎來了豐收。他們**邀請印第安人慶祝節日**，感謝其幫助。

每逢感恩節這一天，美國舉國上下熱鬧非常，基督徒按照習俗前往教堂做感恩祈禱，城鄉市鎮有化妝遊行、戲劇表演。**這一天也是回家團聚的大日子（類似華人的中秋團聚）！**全家會聚在一起吃火雞大餐以及其他感恩節美食。

火雞是感恩節的傳統主菜，通常是把火雞肚子裡塞上各種調料，然後整隻進烤爐，最後由男主人用刀切成薄片分給全家吃。除了**吃火雞，也會搭配馬鈴薯泥、地瓜、玉米、蔬菜、蔓越莓果醬等**。（這點很妙，

遠至近的順序：地瓜派、胡桃派、南瓜派

火雞肉配果醬我個人覺得不太搭，但美國人覺得沒有配蔓越莓才奇怪！）

小孩子們也有自己的一桌，布置以紅色、橘色為主

此外，南瓜派、地瓜派、胡桃派（pecan pie）也常作為此節慶的飯後點心。這些食材大多原產自美洲，在歐洲人到達後才被引進回美國。

在家慶祝的做法：

❶ 試試看烤火雞！也許不用全雞，買一部分火雞烤來讓孩子吃吃看。

❷ 與孩子一起做**地瓜派、南瓜派**。

❸ 可以去圖書館借一些感恩節的繪本，跟孩子講解當初美國先民拓荒，以及印地安人伸出援手的故事。

❹ 有專門介紹感恩節手作的網站，請用關鍵字打：thanksgiving crafts

美國友人請我們去感恩節家庭聚餐，男主人在切火雞肉

Thanksgiving Crafts

57 Pins 2.95k Followers

Celebrate Thanksgiving with your kids. Turkeys, Indian Corn, Pumpkins... Thanksgiving recipes, crafts, activities, and printouts for children. Easy classroom lessons and printables for Thanksgiving.

Printable recipe cards | Thanksgiving | For kids | Indian | Mini pecan pies | Popcorn kernels | Thanksgiving ideas

Thanksgiving Napkin Place Cards

Printable Napkin　Table Printa

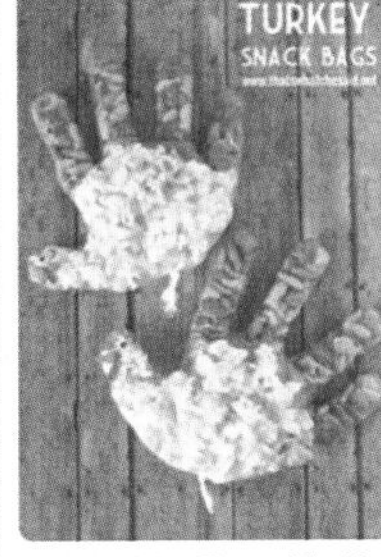

Thanksgiving Theme- Weekly Home Preschool

Turkey Ideas For Kids　Turkey

Thanksgiving Theme- Weekly Home Preschool | Cutting Tiny Bites

Easy Paper Plate Turkey Craft for Kids

Paper Plate Turkey Jpg　Turk

Easy #Thanksgiving Crafts for kids. Colorful Turkey decoration for Thanksgiving - use this holiday craft to learn about fractions. Instructions at ActivitiesForKids.com

See More

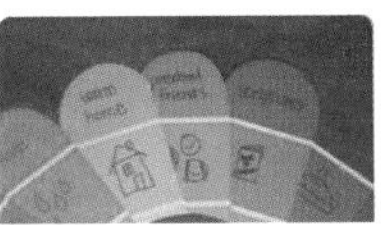

Mini Turkey Craft - P
Thanksgiving Craft

Thanksgiving Crafts Pre

Another easy preschool T
craft for kids. L
to make these
Turkeys. Printa
ActivitiesForKi

小熊小學的感恩節音樂會，孩子們打扮成印地安人與清教徒

很多可愛的火雞和印地安人頭飾，都可以在這裡找到資料！

Christmas Day

日期 ☀ 十二月二十五日

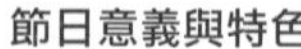

節日意義與特色

基督教的重要節日，耶穌誕生的日子。

主要顏色或裝飾

紅色、白色、耶誕老人、馴鹿、禮物、雪花、馬槽聖嬰、耶誕樹等。

在西洋，年底最大的節慶，應屬耶誕節。家家戶戶掛出各種耶誕裝飾，也有許多慈善的活動舉行，台灣也有類似活動。在此分享一些我體驗過比較不同的耶誕活動：

一、餅乾交換會（Cookie Exchange Party）：
我曾住在美國中西部快四年，當地四季分明，冬天到了下雪數個月，當地人喜歡在家裡烤烤蛋糕、裝飾餅乾，不但家裡溫暖、香氣四溢，也是親子休閒的好活動！

不過餅乾一次多半可以烤二十到三十片，一直吃同一種口味會吃膩！所以這裡聰明主婦想出妙點子：**每家烤一種餅乾，大家來交換！**順便喝茶聊天，談談女人心事，一舉兩得，這就是餅乾交換會的由來。

交換的時候，每人拿一個盒子，**各家的餅乾先放桌子上，大家繞著桌子轉圈圈拿喜歡的餅乾**。喜歡的就多拿一點，剩下的就問誰要多帶一些，順便交換製作心得，真是很棒的活動！

這些餅乾都是 Judy 前一晚做的，也準備一堆裝飾品！

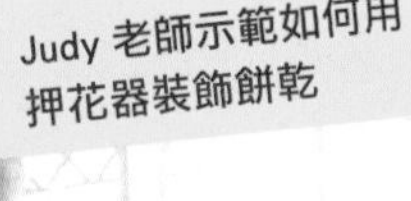

Judy 老師正在熱麵包捲讓我們配濃湯喝

二、餅乾裝飾會（Cookie Decoration Party）：

在美國我曾經上過烹飪課，烹飪老師 Judy 家有一大片農場！耶誕節前夕，人很好的她都會邀請烹飪課全班到家中玩玩餅乾裝飾、順便交換禮物。孩子看了會很開心。

在家慶祝的做法：
關於耶誕節的手作，其實有很多。
在此舉幾個簡單的例子：

❶ 與孩子布置一棵耶誕樹：不用太大，與孩子差不多高即可，上面可以放自製的飾品（如全家福相框），或是每年買一個飾品標上日期當紀念。

❷ 耶誕的糖果也可以當作裝飾品，插在玻璃瓶中，孩子看了會很開心。

❸ 用 M&M 巧克力及鮮奶油，裝飾餅乾。

❹ 玄關布置一下，放些棉花與小天使，綠色松樹與金色彩帶，這些都可以重複使用，買一次就夠了！

❺ 作小雪人：用厚紙片剪出圓形，用鈕扣及奇異筆、彩帶裝飾小雪人。

❼ 裝飾耶誕包裝紙：用彩色貼紙、印章，讓孩子練習裝飾要包禮物用的包裝紙。

❻ 自製耶誕卡，多找些耶誕貼紙，加上家庭合照，寄給遠方親友。

❽ 耶誕節有許多手作的點子，網路都可以找到喔！

Kids christmas crafts

Explore related topics

Christmas crafts for kids | Christmas crafts | Xmas crafts | Diy christmas crafts | Easy christmas crafts | Baby christmas crafts | Navidad | Kids christmas | Winter craft | Reindeer craft

25 Christmas Gifts Kids Can Make

Handprint Christmas Tree

Definitely going to do this! Because everything my kids do is important to me and this would be a great memory

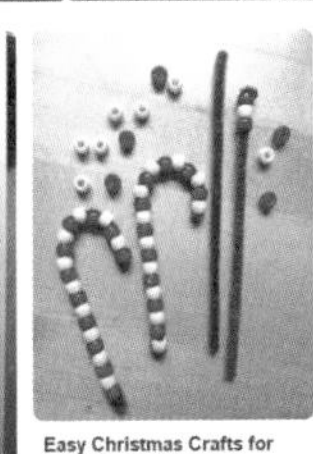

Easy Christmas Crafts for Kids: Craft Stick Stars

Finemotor Bead Candy

kids christmas crafts | Easy Christmas Crafts for Kids: Craft Stick Stars

See More

Cotton Ball Snowman Easy

Bow Tie Noodle Wreath Craft for Christmas (Card Idea

Idea Christmas Christmas

Bow Tie Noodle Wreath Craft for Christmas (Homemade Card Idea)

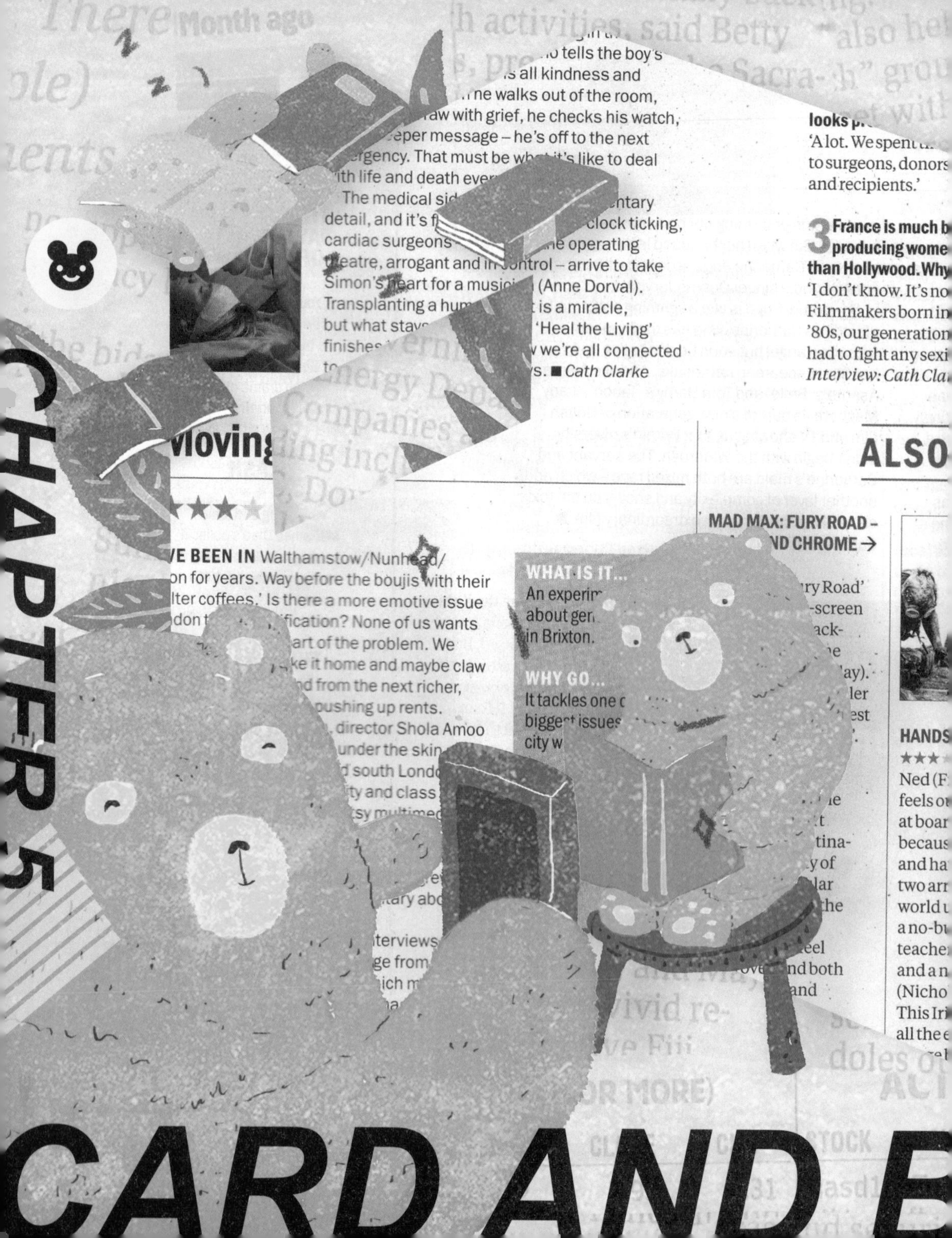
CHAPTER 5
CARD AND B

5. 自製圖卡教具&布置閱讀角

英語學習，除了書本，其實也有**許多好用的小道具**。就像變魔術一樣，道具越多，孩子越覺得新鮮有趣，學習更有樂趣。

本章列出的教具可在家中自製，或是上網採買。以前我去參觀美國小學的 open house（美國的校園參觀日，平常門禁森嚴，一般人不能隨便進去），發現美國老師在教室使用非常多的掛圖、插卡、閃卡、拼字遊戲等道具，我家小熊們都覺得上學就像遊戲一樣！每天都很期待地想著：今天，我又可以用什麼教具呢？

我在家中與孩子使用過的閃卡、掛圖，在此一一拍給大家參考。更鼓勵大家可以自製英語教具，DIY 其實一點也不難！請參考後面第七章提到的一個十分優質的網站：**Kiz Club，可下載許多免費閃卡、掛圖等教材，剪貼一下就能使用了！**

此外，這裡也介紹孩子喜歡的英語桌遊、還有國人自製的英語學習箱：《小豬乖乖的歡樂遊戲寶盒》，不僅是我家孩子實際操作過、有趣、也可以玩很久的教具，價格也親民，**誰說學英語一定要花大錢呢？多利用網路資源，多自製教材，也是可行之道！**推薦有興趣的家長，可以找來試試。

學英語，尤其是啟蒙英語，本來就不應該硬梆梆、死板板的學，而是應該與遊戲、與互動玩具結合，讓孩子能樂在其中！

希望大家能在本章有豐碩的收穫！請記得：若有自製教材，請不吝拍張照片，貼到小熊部落的粉絲專頁，讓我們看看你認真又優秀的成果喔！

家在婆娑美麗處：
小熊部落 FB

OARD GAME

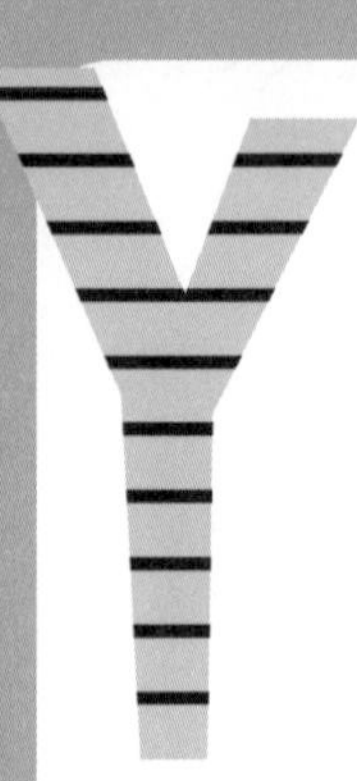

英文字母與數字閃卡 and 掛圖

英語難易度 ☀ **基礎、容易**

77

CARD AND BOARD GAME

類型與說明

- **讓孩子認識二十六個英文字母，並與常見單字產生圖像連結。**
- **以及數字一到十（或一到一百）個單字。**

最基本的閃卡，要從數字及英文字母開始。

製作說明與範例

其實閃卡可以自行製作，或去網路買現成的。如英文字母，就先買空白資料卡二十六張，然後一張放一個字母，對照一個常見單字，如：Zz / Zebra。

通常我會把閃卡與掛圖結合。建議您去大創買一個透明資料架（見下頁圖），不到五十元，然後把閃卡放在裡面，讓孩子可以時時看到、時時複習。

到了晚上睡覺前，可把閃卡拿出來，問孩子認不認得這個字？

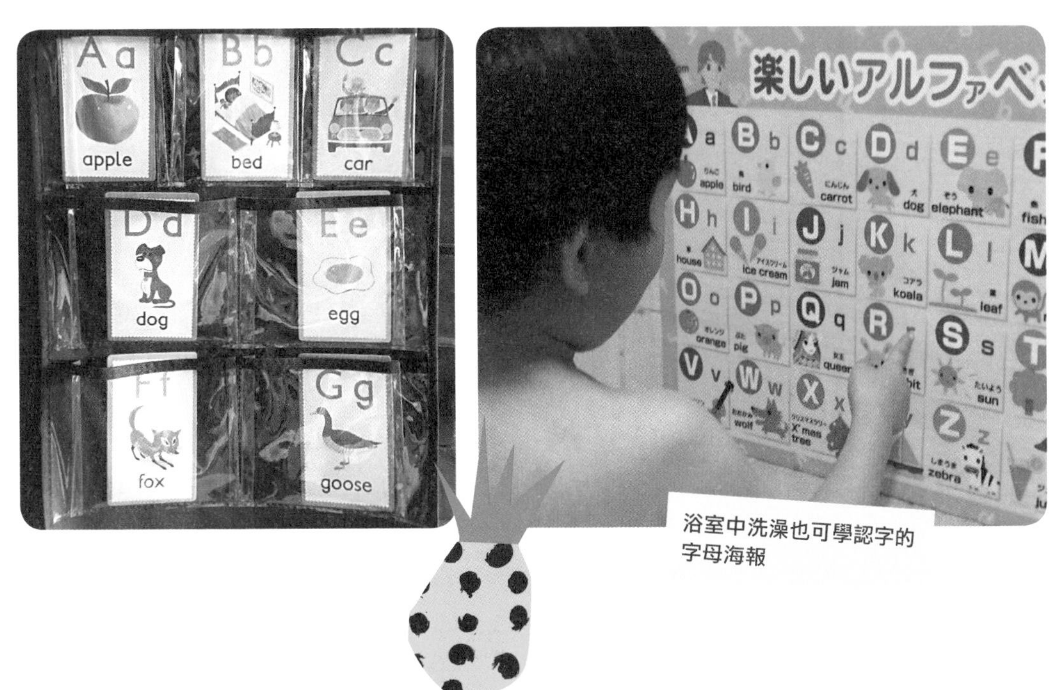

浴室中洗澡也可學認字的字母海報

事實上，家長也可以去書店找教學用的海報，如敦煌書店、金石堂書店、微學館等，多半會有賣 ABC、phonics、「ㄅㄆㄇ」、「一二三」海報，建議貼在兒童房、或是浴室。

我家浴缸旁就有一個「ABC」防水海報，那是我們家族旅遊去沖繩時，經過一家超級大的大創百貨，進去挖寶找到的。這張海報防水、可用靜電貼在浴室磁磚，所以我家迷你熊在洗澡時，都會跟我玩 ABC 遊戲，例如我問他：A is for……他就會回答：Apple ！ B is for……他就會看圖認字說：Bird ！

無形間，他不但認識了二十六個字母，也學了二十六個名稱！很有用的方式，大家不妨試試。

顏色與形狀閃卡

英語難易度 ☀ **基礎、容易**

類型與說明

- 讓孩子認識各種顏色的英語說法。
- 讓孩子認識各種形狀的英語說法。

我在美國的 Dollar tree（美式大創百貨）買到這副閃卡，是費雪牌出的關於顏色與形狀閃卡。

製作說明與範例

本處延續第二章的唱歌學英語，孩子看過、聽過顏色歌及形狀歌以後，可以準備閃卡或是掛圖，讓他重複練習。

顏色與型狀，是美國幼兒園常掛在牆上的學習重點。其實自己做這類型閃卡也不難，只要記住以下重點字：

這類的閃卡也可以練習音標，十分方便。

顏色的圖卡基本單字

red：紅色
orange：橘色
yellow：黃色
green：綠色
blue：藍
black：黑色
white：白色
brown：棕色
pink：粉紅色
purple：紫色

形狀的圖卡基本單字

circle：圓形
square：正方形
rectangle：長方形
triangle： 三角形
oval：橢圓形
star：星形
heart：心形

Weekday（七天）、Month（十二月）閃卡

英語難易度 ☀ **進階、中等**

79

CARD AND BOARD GAME

類型與說明

✎ **讓孩子自行認識英文的星期一～星期日說法。**

✎ **熟習一年十二個月的說法。**

製作說明與範例

我在美國的教具專賣店，曾買過不錯的掛圖，後來返台定居前送朋友了，只剩照片。但我一直覺得，這是個不錯的參考，可以同時學很多東西：

一、今天星期幾？

二、昨天星期幾？

三、明天星期幾？

四、還可以學習月分、季節與天氣！

回到台灣我很想自己做一個類似的插卡掛圖，不過發現家中有多一個大白板，棄之可惜，所以就用磁鐵與紙卡，設計了一個簡單的白板掛圖！

本部分自製閃卡不難，只要放入以下基本單字。

星期的圖卡單字

Monday：星期一
Tuesday：星期二
Wednesday：星期三
Thursday：星期四
Friday：星期五
Saturday：星期六
Sunday：星期日

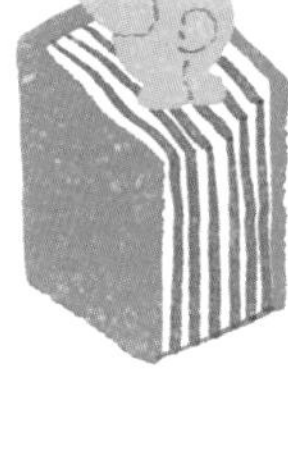

月份的圖卡單字

January：一月
February：二月
March：三月
April：四月
May：五月
June：六月
July：七月
August：八月
September：九月
October：十月
November：十一月
December：十二月

季節的圖卡單字

spring：春天
summer：夏天
autumn：秋天
winter：冬天

氣候的圖卡基本單字

sunny：晴朗
cloudy：多雲
windy：有風
raining：下雨
chilly：寒冷
frosty：冷冰冰
snowing：下雪

建議以上圖卡可以中英對照，不只練英語，可讓孩子同時學雙語！

知識桌遊：
①認字遊戲：SCRABLE

英語難易度 ☀ 容易偏中等

類型與説明

✎ **讓孩子初步練習拼字，是學認字與基礎拼音的老牌遊戲。**

80

CARD AND BOARD GAME

製作説明與範例

關於用遊戲學英語，其實市面上有許多國外的桌遊可以試試，不過這一款 SCRABBLE，我個人最推薦！因為在國外它歷史悠久、內容也推陳出新，我想，若它有粉絲專頁，一定有很多爸媽鐵粉按讚！

原本 SCRABBLE 是給大人玩的拼字遊戲，但是遊戲公司也推出給三歲以上孩子玩的超基礎版：My first SCRABBLE ！

這種基礎版的遊戲，是讓孩子試著自己拼很簡單的單字，如 pig、dog、hand，字母都放在左邊，依顏色分類，題目紙有很多張，題目上還有圖，孩子可以看著小豬圖案，猜到這是：pig，然後自己找出字母放在圖後方。

也有五到十歲的青少年版，孩子可以自己玩或與大夥兒一起玩的 SCRABBLE Junior，外包裝顏色是藍色。難度比較高一點，不僅可以自己練習拼單字，也可以找人玩拼字遊戲！

以上兩個遊戲，價格都不太貴，在網路上就可找到（我之前是在 PCHOME 網路上店買的），家長可以試著找找，玩遊戲學英語，同時親子同樂，很開心喔！

SCRABBLE Junior 的外包裝變成藍色。難度比較高一點！

②小豬乖乖的歡樂遊戲寶盒

這是二〇一七年我家孩子的新歡！台灣親子天下自行開發的隨手提桌遊，十分有教育意義，除了玩樂，最重要的是可以學英文！

簡單來說，這是一個手提小鐵盒、到處皆可玩的概念。小鐵盒小小裡面的份量卻不小，共有七十五枚造型磁鐵、七十五枚字母磁鐵、二張雙面場景背版、四張雙面單字學習卡、一張字母對照小海報、透明收納隔板！

本書有七大特色：

❶ 可以玩遊戲又可以學英文的遊戲磁鐵書。
❷ 七十五枚造型磁鐵加上四大主題場景，可玩吃喝玩樂、變裝布置。
❸ 七十五枚英文字母磁鐵＋主題單字學習卡，看圖拼字。
❹ 鐵製手把提盒，走到哪玩到哪，是搭車旅行好夥伴
盒蓋內側就是磁性背版，附分類隔板，好拿好收省空間，收納免煩惱。
❺ 高級厚紙卡磁鐵，適合幼兒小手拿取的厚度，防凹不傷手。
❻ 附英文大小寫對照海報，搭配字母磁鐵學英文。
❼ 繪本作家陳致元設計，遊戲中培養美感力。

我家老三一拿到就獨自玩了一個小時，除了變換場景的遊戲，他喜歡看著圖卡學拼英語單字；以後出去玩，乘車時我們都喜歡帶著這個小鐵盒，讓他自己開心一下！

HOW TO PLAY
玩磁鐵・FUN英文
① 選一張單字卡
② 找出對應的磁鐵
③ 拼出各種單字
cake
Donut
Jam
英文力UP小秘訣！
A B C D E F G H I
a b c d e f g h i
J K L M N O P Q
j k l m n o p q
R S T U V W X Y Z
r s t u v w x y z
孩子還不認識字母嗎？
善用附贈的字母對照小海報
輕鬆培養基礎英文力
So easy!

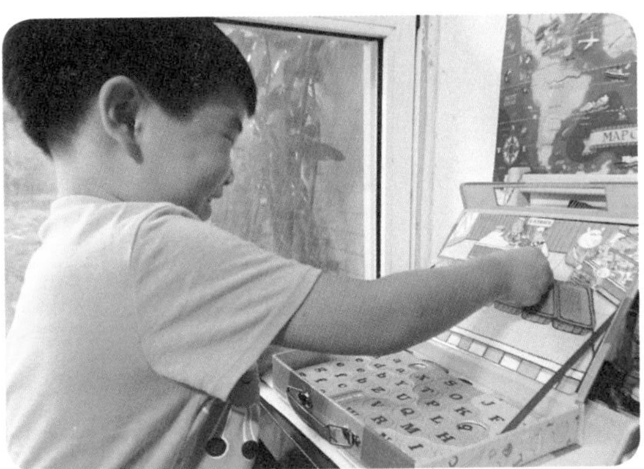

MAP OF THE WORLD

Joy
HAPPY
fun

小豬乖乖的
歡樂遊戲寶盒

網路示範

影片介紹

閱讀角的布置

英語難易度 ☀ **有些難。爸媽的一點努力、養成孩子的閱讀習慣！**

類型與說明

- **給孩子一個固定讀英文的地方。**
- **從小開始，最好從零歲開始。**
- **讓孩子知道：這裡，就是他讀英語書的地方！**

製作說明與範例

我家的孩子都有自己的閱讀角（Reading corner），尤其是老三。老三還不滿一歲時，就有專屬的讀書區塊：陽台落地窗邊、陽光充足、花草相伴，小時候是我抱著他閱讀，等到他自己會讀書了，每天早上他都會去那裏主動翻書。晚上床邊也有他專屬的小檯燈，每晚睡前他都會自己翻閱最愛的書，然後才指指檯燈，告訴我他該睡覺了！

隨著年紀增長，書籍的布置也會隨之變化。在二歲前，我是把中、英、日文三種語言的童書參雜陳列，等到他上幼兒園以後，因為選的不是雙語也不是全美語幼兒園，而是一所大學的實驗幼兒園，教學十分活潑有創意，老師平日會讀中文書給他聽，**所以，我開始減少家中的閱讀角的中文書量，增加英文書——我要讓他知道，這裡就是英語閱讀的場所！**

而他的確也接受了，**他不會跟我吵著要念中文繪本，而是翻看喜歡的英語繪本**。這是從二歲就開始的習慣，即使到了五歲，他還是很愛我念英語繪本給他聽，**不曾因接觸中文越多而排斥聽英語**。

常有父母問我：**為何我家的孩子排斥聽英語繪本？**因為，**語文學習也是好逸惡勞的，如果聽不懂、也聽不習慣，孩子當然只想聽中文的故事！**所以，**及早給孩子一個聽英語故事的閱讀角，是在家學英語成功的關鍵之一。**這點，有心的父母須努力。

練英聽的神器：MP3 播放器

英語難易度 ☀ **難度可自由調整內容！**

類型與説明

- 少讓孩子玩手機或平板。
- 隨身攜帶聽英語故事。

製作説明與範例

82

CARD AND BOARD GAME

我很怕看到以下場景：外出吃飯或等車無聊，孩子吵鬧，家長就把手機或平板讓出給孩子玩！其實，我們還有更好的替代方案。

我家小小孩出門，一定會帶一個 MP3 播放器，可插入 SD 卡或是 USB，裡面都是我念過的**繪本故事、他喜歡聽的英語童謠**，還有一些卡通動畫的片段錄音。

比如說，孩子很喜歡看 *Peppa Pig* 的露營故事，我就用錄音筆或手機幫他錄一小段下來，再轉存到記憶卡中，等公車或外出用餐時，他可以隨時拿起來聽。像這樣隨時隨地練習英語聽力，再方便不過了！

要注意的是，小小孩很會忘東忘西（其實媽媽也是），**建議不要買太小的 MP3 播放器給他，很快就不見了！**

選一個不太貴、大一點的播放器，這樣就不容易因為太小而遺失；還有，所有的錄音檔案都要留備份在電腦中，萬一不幸遺失，也不會無可挽回，再買一個播放器就行了！

睡前常聽，有時甚至
聽到睡著！

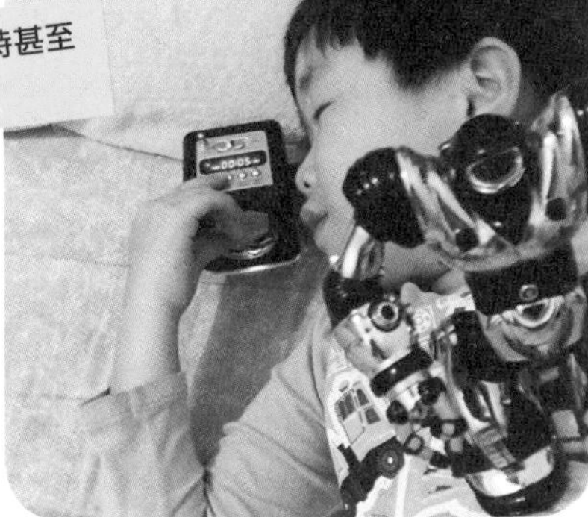

WORKBOO
CHAPTER 6

6. 家用英語教材

在家教孩子英語，除了繪本、除了念謠，也可以用正式的、系統性的教材。很多家長告訴我：**英語教材不好選、也不好買，理由如下：**

一、不了解外國孩子學英語的順序、結構。
二、對外國教科書、Workbook 等教材，完全沒接觸過，除了不熟習，而且也無管道有系統的採買。
三、市面上對系統性英語教材的資訊有限，不知道孩子適合哪一種程度的教材。

此一問題，在我全台巡迴演講時常常出現。很多家長常問我：在家中給孩子用什麼自學英語的系統教材？在此我不藏私地推薦幾個家中孩子用過、不需去海外採購的好用教材！

教孩子學英語，除了多念英語繪本，更可以靈活配合一些系統性教材，而且最好是有聲的、有故事性的，除了學起來有趣，教材中更會挑出重點單字、重要句型，可以給孩子加強練習，如本章列出的 *Rhythm story*、*Reading house* 系列，都是不錯的選擇。

以下列出的六種英語教材是國人自行編輯的，有的是綜合性的，有的是加強文法、聽力或寫作的。**價格親民，CP 值也高，更不怕有市面上買不到的問題！**有興趣的家長建議可找來試試看。

Rhyme Story

類型 ❀ **初學英語的綜合性教材**
適合程度 ❀ **幼兒園小班～國小低年級**
出版社 ❀ **台灣敦煌書局 Caves books**

推薦理由

Rhyme Story 這一套是我家**老三在聽了許多英語繪本後，三歲時第一次接觸的系統性英語教材**，全套二十四冊，共分三階段：
一、初階（橘色，一百三十到一百五十個單字）
二、中階（綠色，一百五十到兩百個單字）
三、高階（藍色，兩百到兩百五十個單字）

83

WORKBOOK

這套的特色，是除了一般英文教材有的閱讀、歌曲兩部分之外，還多了「演戲」的成分。仔細看本教材的架構，可以發現：編輯一開始就設定本教材為**「可以演出的兒童劇場」，十分有趣！**

每本書一開始有 Sing along，讓孩子可以用唱歌學課文。然後歌曲變成一個故事，讓孩子聽故事；接下來有互動活動、小作業……最後有角色說明圖、以及新的劇本，讓孩子可以演戲！

每一本書還有附一張 CD，上述的內容全部都有實際演練的聲音，可以唱歌、聽單字、聽活動、聽演戲……

我家老三迷你熊從小聽我講英語繪本，到了三歲～四歲後，**我開始轉換這套正式英語教材給他使用**（當然英語繪本有繼續讀），他的接受度很高，也常翻閱及聽 CD，一整套書二十四冊在五歲前全部聽完！現在也不時拿出來複習。是一套很實惠的基礎英語家用教材。

網路介紹

影片說明

產品介紹

Rhyme Story
Stories for Reader's Theater
The Purple Cow
An adaptation of a popular poem
CD included

Rhyme Story
Stories for Reader's Theater
One Raining, Pouring Morning
An adaptation of a nursery rhyme
CD included

Rhyme Story
Stories for Reader's Theater
Bingo, Come Home!
An adaptation of a traditional song
CD included

Rhyme Story
Stories for Reader's Theater
The Jumping Monkeys
An adaptation of a traditional poem
CD included

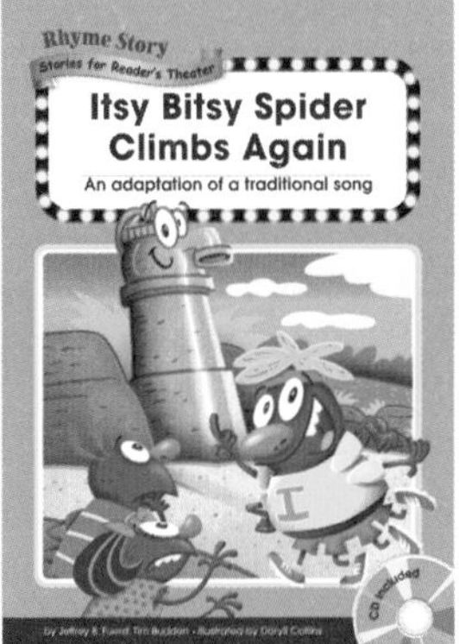

Rhyme Story
Stories for Reader's Theater
Itsy Bitsy Spider Climbs Again
An adaptation of a traditional song
CD included

Rhyme Story
Stories for Reader's Theater
One Silly Hey Diddle Day
An adaptation of a nursery rhyme
CD included

Rhyme Story
Stories for Reader's Theater
Bear Goes Over the Mountain
An adaptation of a traditional song
CD included

Rhyme Story
Stories for Reader's Theater
Peter Pumpkin Eater
An adaptation of a nursery rhyme
CD included

Rhyme Story
Stories for Reader's Theater
Baa Baa Black Sheep Sells Her Wool
An adaptation of a nursery rhyme
CD included

Reading House 新版

類型 ❀ **較為進階的英語教材，以知名童話為主題**
適合程度 ❀ **幼兒園大班～國小**
出版社 ❀ **台灣敦煌書局** Caves Publishing

推薦理由

這套書是我家迷你熊四歲開始接觸的自學英語輔助教材，接續上一套 *Rhyme Story*，兩套教材也有重使用。全系列分四級，**共二十四本英文故事，每個故事都有 CD，講解全本教材。內容皆取材自經典童話，如：《醜小鴨》、《穿長靴的貓》、《三隻小豬》、《糖果屋》**等。

這套書比上面的系列包裝更精緻，打開後右邊是精裝書（*Rhyme Story* 是平裝書）、左邊是全新推出的紙舞台。迷你熊十分喜愛這套書，因為**故事好聽，音樂可唱，還有配音也超有戲的**（聽了好 High 啊！）

本書的名稱 : *Reading House* 新版，也極富巧思，是由本書的英文特色集合而成的：

Really Fun Stories

Excellent Illustrations

Act Out and Sing Together

Detailed Contents with Moral Lessons

Ideas for Group Performance

Natural Conversation

Great Group Activities

Have Fun Role Playing

Obtain Key Vocabulary

Useful Expressions

Sentence Pattern Included

Experience Classic Stories

全套二十四冊，共分四階段：
一、Starter（黃色，目標新學三十到五十個單字）
二、Level I.（紅色，目標新學五十到七十個單字）
三、Level II.（藍色，目標新學七十一到九十個單字）
四、Level III.（綠色，目標新學九十到一百一十個單字）

本書有個特色，就是每一頁說的故事，都可以唱成歌！而且配音員超專業，有一本《糖果屋》，壞巫婆被火燒到時，用尖銳悽慘的聲音喊著：
「唉呦～～我的頭髮著火了！！」
結果，因為那配音太有趣，我家兒子永遠記得這一幕，還不時學巫婆說話給我聽。

這套書好處是可讀、可說、可唱、可演。內容以音樂劇型式呈現，所以也是許多老師英語戲劇演出的好選擇。在家當教材，也很受孩子喜愛喔！

YouTube TW

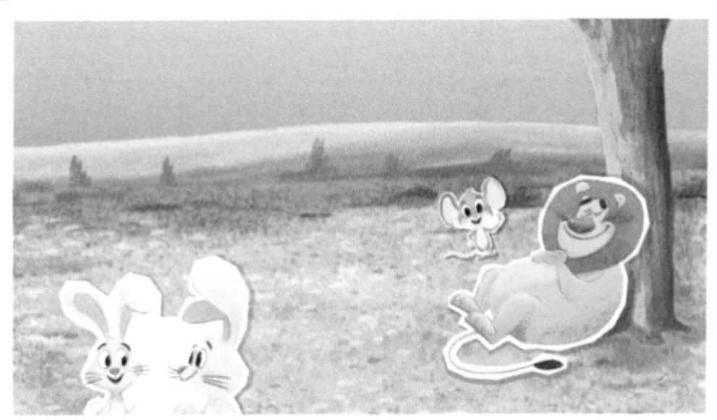

讀者劇場也有新風貌！熱銷22年的 Reading House 新版內容大公開！

 E-CAVES (敦煌網路書局) 1810 位訂閱者 訂閱 

觀看次數：854次 9 個月前

網路介紹

 本書系網址

 影片說明

85

WORKBOOK

Simply Phonics

類型 ❀ **自然發音法的入門教材**

適合程度 ❀ **幼兒園中、大班～國小**

出版社 ❀ **台灣敦煌書局** Caves books

推薦理由

Simply Phonics 這套教材其實分為四大套：一套講發音、一套介紹文法、一套練聽力、一套練口說與寫作。

Simply Phonics 是基礎，介紹自然發音法，一套共三冊，每冊均附兩張 CD，本教材的特色如下：

一、運用自然發音法，讓孩子熟悉字母與發音間的關聯性。

二、課程設計循序漸進、由淺入深地培養學生的發音技巧。

Review Unit 1 ~ Unit 5

A Listen and circle the correct letters.

1		2		3	
ca	ce	ay	oy	ow	oy
4		5		6	
aw	ow	gu	ge	oi	ou

B Circle the word with the same vowel sound.

1. house — load — clown — hawk
2. draw — Paul — now — float
3. toe — trod — clue — soak
4. troy — frog — spoil — floe

C Listen and circle the correct words. Then read.

The big boys in caps stole coins / couns and gems from a hugo / huge house. The cops drew out their gyns / guns and broke down / dawn the front gate and the fenca / fence. Now the bad bays / boys are in jail. They frown / frawn and yawn / yown while the cops / caps jump up and down in joe / joy.

D Read the sentences. Then listen.

1. Paul takes an ice cube out of his cup.
2. The boy uses oil paint to draw an owl and a toy gun on the ground.
3. The giant blows down the house made of straw.
4. May frowns because she spills soy sauce on her blouse.

E Play and read.

START, haunt, cist, spout, soft, crawl, bounce, Lloyd, guts, troy, jaw, gel, lawn, gym, cage, fault, coil, drown, fancy, voice, gown, FINISH

18 19

三、有豐富的插圖，可有效提升學習興趣。

四、不僅適合國小、國中學生學習，亦適合想重新奠定發音基礎及技巧之成人使用。

還是要說：**學好自然發音法，其實需要從小大量的聽力練習！家長不能只靠此教材就覺得夠了，**本教材只是系統性的整理與輔佐用，常常讓孩子聽英語故事、常常唱英語歌曲、看英語影片，再加上教材輔助，才會有真正的效果喔！

網路介紹

本書系網址
& 產品介紹

Simply Listening

類型 練習英語聽力的基礎教材
適合程度 幼兒園大班～國小一到六年級
出版社 台灣敦煌書局 Caves books

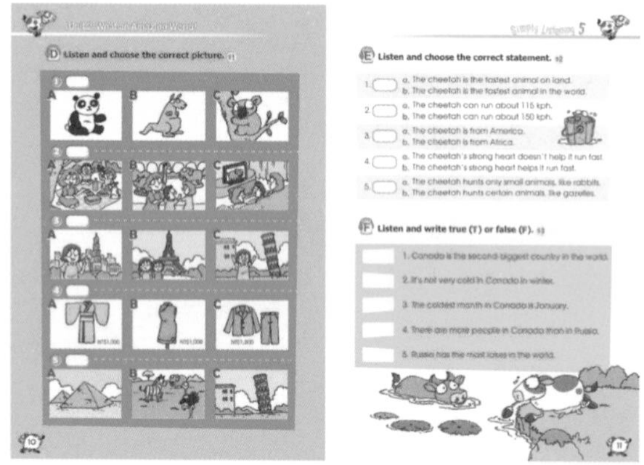

86

WORKBOOK

推薦理由

聽力訓練，在這我寫的這本書前面有很多範例與練習，不過，未必能驗收成效如何；**這套則是真正的教材**，可以放 CD，讓孩子看著題本圈答案。

本教材的特色如下：
一、全套六冊，適合大班至小六的學童。
二、主題式單元設計；每單元練習只需二十分鐘。
三、多樣化、系統化的聽力技巧練習。
四、逐步培養「全民英檢初級聽力」及「國中會考聽力測驗應考能力」。
五、全彩插圖，很生動活潑。

網路介紹

產品試聽

Simply Talk & Write

類型 ·:· 練習英語聽力的基礎教材

適合程度 ·:· 幼兒園大班～國小一到六年級

出版社 ·:· 台灣敦煌書局 Caves books

推薦理由

「寫作」很少家長會在家裡教，尤其是英語寫作！不只是能力與意願的問題，沒有適合的英語教材教文法也是原因。所以這套教材，應可嘉惠不少想在家學英語寫作的孩子。

語文學習的難易，就是「聽⇒說⇒讀⇒寫」。前兩類較容易上手，「讀」也能透大量閱讀來加強，但是英語寫作，真的是許多孩子的罩門。孩子少寫，自然生疏，所以，建議家長讓孩子可以有空就寫，我覺得內容輕鬆有趣，不妨試試看！

本套教材的特色如下：

一、共六冊，專為國小低中高程度學生設計。

二、每冊八回練習，每堂課只需十至二十分鐘。結合英文對話與寫作，引導孩子利用對話進而開始寫作。

三、每回各針對一主要句型，讓孩子做口說練習，逐步引導組織、整理資訊，並實地演練寫出短文。

四、教材並提供文章架構說明，給予孩子主題句、支持句和結論句的初步概念，讓孩子更清楚文章架構。也規劃了「額外寫作練習」，提供更多主題練習寫作。

網路介紹

產品介紹網頁

Simply Grammar

類型 🐾 英語文法的基礎教材
適合程度 🐾 國小一到六年級
出版社 🐾 台灣敦煌書局 Caves books

87
WORKBOOK

推薦理由

本套教材共六冊，適用於小一至小六的學童，也適用於升國中前的快速文法加強！一堂文法課約十到十五分鐘，即可教完一單元。

小熊哥在美國念小學時，學校沒有教文法，同學們都是憑「語感」去寫句子，所以當他回到台灣念中學，英語老師一上課不念課文，而是先要大家跟著黑板抄文法！他真的很不適應……

但是等到國二以後，他漸漸就能了解為何也要學文法了，因為國中英語越來越難的題目，還是需要文法來輔助解題！

所以，**在孩子小的時候若可以先上一點簡單文法，有些概念，對將來升學考試試會有幫助的。**

本教材的特色如下：

❶ 4P 教學技巧：漸進式學習方式，有益於孩子學習消化和吸收。
❷ 單一文法觀念：一個單元一個簡單文法觀念，扎實建立基礎。
❸ 圖解文法：圖解式說明文法規則，讓孩子達到最佳學習效果。
❹ 基本字彙：使用基本字彙，著重於文法學習，減輕學習負擔。
❺ 簡易練習：簡單易做答的題型，教師輕鬆檢視孩子學習成效。
❻ 對照練習：釐清孩子易混淆文法觀念，並正確運用規則。
❼ 螺旋式課程規劃：四到五個單元附一回複習單元，統整文法觀念。

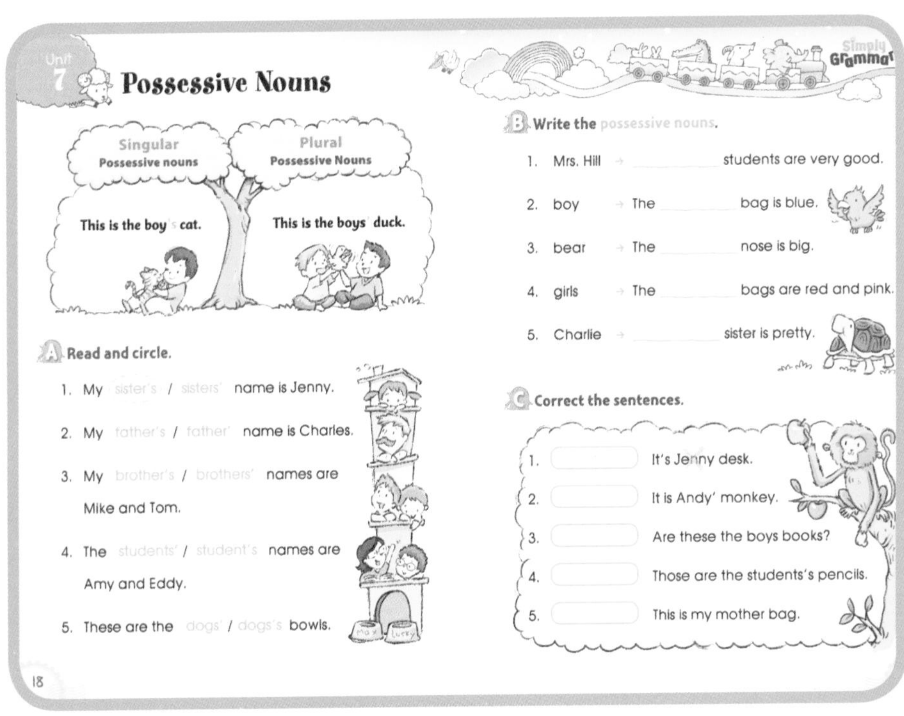
Unit 7

Possessive Nouns

Simply Grammar

Singular Possessive nouns — This is the boy's cat.

Plural Possessive Nouns — This is the boys' duck.

A Read and circle.

1. My sister's / sisters' name is Jenny.
2. My father's / father' name is Charles.
3. My brother's / brothers' names are Mike and Tom.
4. The students' / student's names are Amy and Eddy.
5. These are the dogs' / dogs's bowls.

B Write the possessive nouns.

1. Mrs. Hill → ________ students are very good.
2. boy → The ________ bag is blue.
3. bear → The ________ nose is big.
4. girls → The ________ bags are red and pink.
5. Charlie → ________ sister is pretty.

C Correct the sentences.

1. It's Jenny desk.
2. It is Andy' monkey.
3. Are these the boys books?
4. Those are the students's pencils.
5. This is my mother bag.

18

網路介紹

Simply Grammer 介紹網頁

WEB

CHAPTER 7

7. 用網路學英語

現代的孩子，有網路、有Google大神，說來幸運，但也可能不幸。

幸運在於網路上有無限資源，可以自學、可以即時查詢利用！但利與弊就是一刀雙刃，**有的孩子深陷在網路世界中，光怪陸離而無法自拔，網路成癮是另一個隱憂。**

下列出我個人精心挑選過的十五個自學英語網站，多半是完全免費、口碑很好的外國網站；希望家長能在以下原則下使用：

一、**不建議三歲以下幼兒使用電腦**。三歲以上，可以適量練習。
二、**每日限定時間使用**，建議時間如下：三到五歲每日三十分鐘；六歲到小學中低年級可五十到六十分鐘，但每半小時休息一下眼睛。小學高年級～國中，每日不超過兩小時，也是每三十分鐘起來活動、休息一下眼睛。
三、**家長要陪伴一起學習，不建議把電腦當保母**、自顧去做事。要知道，網路世界很難控制，可能不時會跳出色情廣告（如Youtube），或是孩子會忍不住偷偷去瀏覽別的不當網頁。

孩子自制力尚未發展完備前，家長若不能全程陪伴，也要讓孩子在公共空間、家長隨時可以監控螢幕的地方使用。

網路是一個學習的利器，要懂得好好善用，才會有事半功倍的效果。孔子說：「**五色使人目盲，五音令人耳聾，五味使人口爽，馳騁畋獵令人心發狂！**」小心使用網路資源，幫助孩子多利用好的英語教學網站，在學習語文同時，也要陪伴孩子一起學習，一起成長、獲得樂趣，一舉兩得，還能加進親子關係，這才是最好的成果！

PBS · KIDS

類型 ➼ **美國公共電視兒童頻道的網站**
適合 ➼ **學齡幼兒到中小學生皆可**
英語難易度 ➼ **簡單～中高級**

88 WEB

推薦理由

美國公共電視的兒童節目，讓許多美國兒童都有機會看到好的教育影片，如之前介紹過的 *Sesame street*、*Super why*、*Daniel Tiger's neighborhood*、*Arthur* 等。

除了電視節目可看，美國公共電視也專為兒童設計了互動網站，在這網頁可以看精采的教育卡通、動畫，也可以玩遊戲。

特別推薦初學英文的孩子，可以去玩這網站的 *Super why*，點一下首頁的轉盤，就可以進去看到 *Super why* 的四個主角，然後到 P 公主遊戲區，跟著公主學發音、同時學拼字！

等到國小，英文能力好些，可以去看 *Fetch! With Ruff Ruffman*，這是我兒子在美國時很愛看的科學影片，有一隻動畫狗帶著真人孩子挑戰許多科學實驗！

值得一提的是，在官方網站，遊戲幾乎都可以玩，但是有些影片是只限於美國區可以看得。不過只要你願意打關鍵字去搜尋影片，有時還是可以找到的。

官網，特別要推薦的是 *Super Why*，
有許多拼字遊戲，很有趣味。

CBeebies

類型 ➼ 英國 BBC 給兒童的專屬電視與網站（英國站）
適合 ➼ 幼兒園～小學低年級
英語難易度 ➼ 容易～中等

快上官方網站看一看！

89
WEB

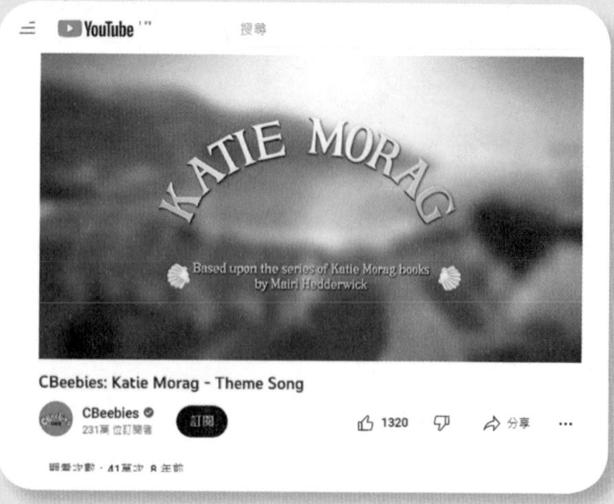

Katie Morag 的主題曲

推薦理由

CBeebies 是 BBC 所擁有的電視頻道，主要對象是八歲以下的兒童，簡單來說，**就像是美國的 PBS KIDS，是國家經營的兒童頻道。**

CBeebies 重視網路互動資源對電視節目的輔助擴充，所以每個節目都有專屬網頁，除了收錄影片的歌曲、片花外，還有設計有趣的線上遊戲，並有給父母衍生運用的教學建議。

老實說，這網站讓人耳目一新。有些商業兒童卡通頻道也有類似網站服務，但是設計十分俗麗、誇張，反觀 **CBeebies 就不一樣，看起來十分有質感，卻不失童趣**。例如其中的*Nelly and Nora*（兩個可愛的小女孩動畫），我與老三一起玩選外出服的遊戲，然後讓她們去風很大的戶外，搶救被風吹亂的衣服。五歲的熊董馬上被畫面所吸引，直說好看、好玩！

另一個*Sarah and Duck*有餵企鵝、玩泡泡、設計煙火等小遊戲，很適合與小小孩同樂！

還有一個節目*Katie Morag*，我個人很喜歡，是根據蘇格蘭插畫家Mairi Hedderwick的繪本改編的電視影集，描述蘇格蘭小島上一個小女孩Katie與家人、小島居民的生活，很像新版的《清秀佳人》，賞心悅目不在話下。

除了網站，也可以試試 Youtube 上的 CBeebies 頻道，我看過許多好影片都是公開出來的；不像一些商業網站，小氣的鎖著。

Scholastic Kids · Family Playground

類型 ➻ **美國知名童書出版社的官網，給孩子的網路資源**
適合 ➻ **幼稚園～國中**
英語難易度 ➻ **簡單～中高級**

90
WEB

推薦理由

身為美國最有影響力的童書出版社，Scholastic的網站也一點也不讓家長失望！內容幾乎可以與美國公共電視兒童頻道媲美。**因為，許多Scholastic出過的書，也在 PBS Kids播過，如：*Clifford the big red dog*、*Word girl*等。**

本網站十分多采多姿，有許多知名作品改編的益智遊戲，我家孩子最喜歡的 *I SPY* 系列，在這裡有免費的遊戲可以玩，記得我以前還會上Amazone.com去選購 *I SPY* 的光碟遊戲，空運回台灣讓孩子練英文！**如今Scholastic有免費的網路遊戲，現在孩子真幸福，家長也真省事！**

建議小小孩可以去本網站看***Clifford the big red dog***的互動遊戲，如果孩子有興趣，再去圖書館借英語書唸給孩子聽。我家迷你熊也是這樣開始愛上聽*Clifford the big red dog*的故事的！

此外，**本網站的Word Girl適合小學中高年級，節奏很快**，也教不少拼字，值得推薦。另外一個很知名的系列書，叫做*Can you see what I see*，是*I spy*作者後來又出的另一系列作品，在本網站也有許多互動資源，都建議孩子試試！

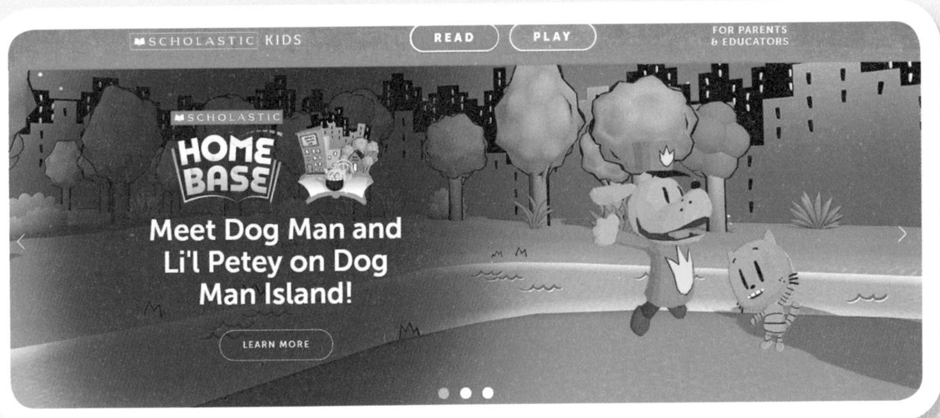

快上官方網站看一看！

Last Gate of the Emperor

Read Our Sneak Peek of the Week!

Yared Heywat lives an isolated life in Addis Prime -- a hardscrabble city with rundown tech, lots of rules, and not much to do. His worrywart Uncle Moti and bionic lioness Besa are his only family... and his only friends.

Often in trouble for his thrill-seeking antics and smart mouth, those same qualities make Yared a star player of the underground augmented reality game, The Hunt for Kaleb's Obelisk. But when a change in the game rules prompts Yared to log in with his real name, it triggers an attack that rocks the city. In the chaos, Uncle Moti disappears.

Suddenly, all the stories Yared's uncle told him as a young boy are coming to life, of kingdoms in the sky and city-razing monsters. And somehow Yared is at the center of them.

Together with Besa and the Ibis -- a game rival turned reluctant ally -- Yared must search for his uncle... and answers to his place in a forgotten, galaxy-spanning war.

START READING

Baby TV

類型 ➺ 給 Baby 的頻道
適合 ➺ 幼兒園～小學低年級
英語難易度 ➺ 容易～中等

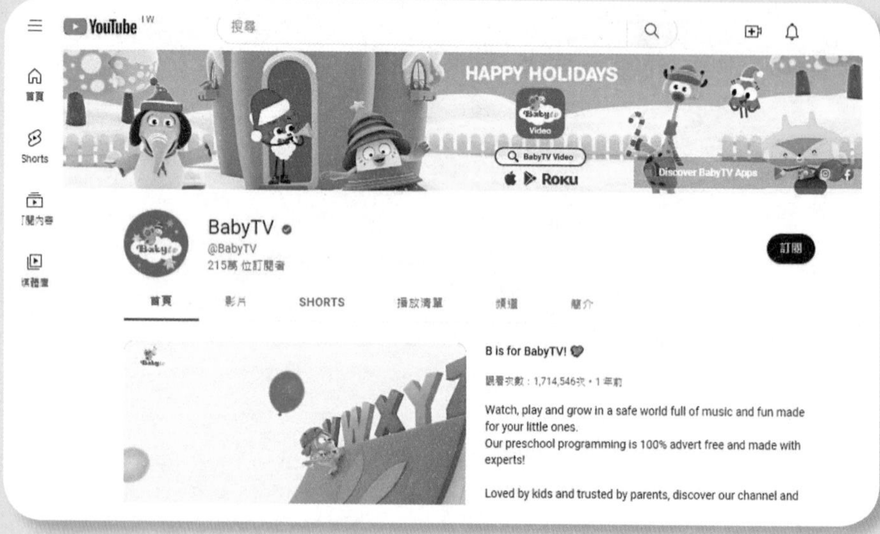

91 WEB

快上 YouTube 官方頻道
看一看！

推薦理由

BabyTV 是全球第一個針對嬰幼兒和爸爸媽媽二十四小時全天候播放並且沒有廣告的頻道（不知道為何要二十四小時？是不是怕寶寶半夜不睡覺？）

節目針對嬰幼兒成長時所需的學習技巧，可分為九類：

❶ **最早的概念**：學習基本概念，比方說形狀、顏色、數字、單字、相反的事物等。
❷ **猜猜看**：鼓勵孩子在看節目時跟著一起猜出答案。
❸ **音樂與藝術**：以啟發手法帶孩子認識音樂和藝術。
❹ **自然與動物**：認識動物，瞭解牠們的名稱和習性，聽牠們發出的聲音。
❺ **建立友誼**：發展孩子的社交技巧，學習分享並擁有自我意識。
❻ **活動**：幫助孩子伸展四肢、練習運動技巧。
❼ **睡前時光**：睡覺前聽故事、搖籃曲，放鬆心情。
❽ **童謠和兒歌**：有孩子最喜歡的兒歌和童謠。
❾ **想像力和創意**：特別規畫呈現創意和想像力的節目。

網站也是依此架構發展。不過我先重申個人建議：孩子在三歲前最好不要看電視、玩電腦，多接觸自然的東西、出去走走！等三歲以後，每天可以看十五到二十分鐘，前提絕對是：**家長要陪著一起看，一面說明！**而不是把 BabyTV 當保母。

當我家老三表現好時，我會與他一起玩一玩互動遊戲的猜數字、記憶配對卡，或是看看互動書。裡面也有不少童謠可以聽，下面附有歌詞，十分清楚。

ABCya!

類型 ➼ 讓孩子免費學英文的益智類網站
適合 ➼ 幼稚園～國小
英語難易度 ➼ 容易～中高級

推薦理由

原本此處是推薦 Nick jr 網站，不過免費遊戲已經被取消了。所以改為推薦 ABCya ！ https://www.abcya.com/
這個網站提供了許多 K~6 年級的英語小遊戲，包括：
Letter：語文類
Number：數學類
Holiday：節慶小遊戲
Strategy：策略動腦遊戲
Skill：藝術類遊戲
另外也有科學類的遊戲，例如太陽系的知識與星球位置配，對我家天文迷、小五的熊董，就很喜歡！他跟我比賽，也答對很多太陽系的知識，比我厲害多了 ~
也有假日的應景遊戲，如耶誕節的單字找一找、復活節 crossword、世界地球日單字找找看 ... 十分寓教於樂，沒有死板板的教條、而是活的小遊戲帶領。樂在學習很簡單！
此外，本站也提供了免費的學習單 (如人類骨骼的基本名稱，配合遊戲一起做)、閃卡 (flash card)、等；也有可以印出來的學習海報，如恐龍出現的年代名稱。

還是要小小提醒：請盡量跟著孩子玩，一面解說英語，而不是把電腦／手機當免費看孩子的保母喔 ~

92 WEB

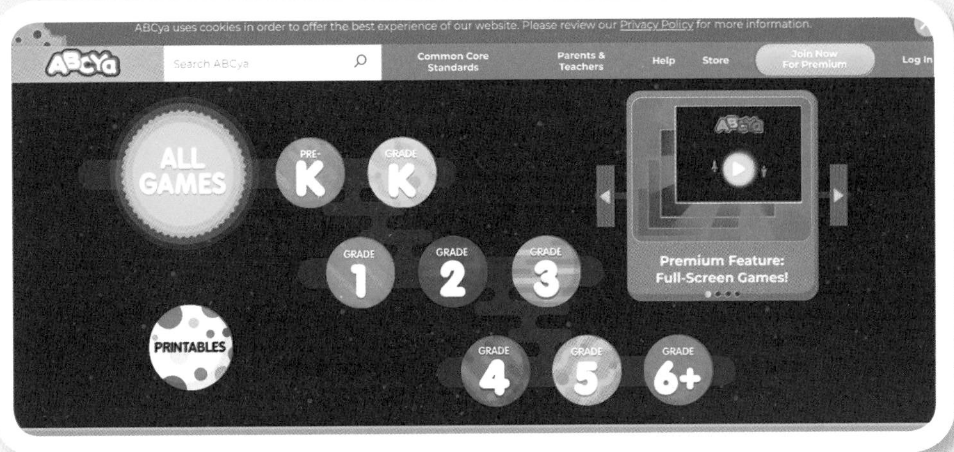

快上官方網站看一看！

科學遊戲十分用心設計，玩遊戲也學到許多英語專有名詞！

Lil-fingers

類型 ➻ 綜合性給小小孩的故事、著色網站
適合 ➻ 幼兒園～國小低年級
英語難易度 ➻ 容易～中等

快上官方網站看一看！

93

WEB

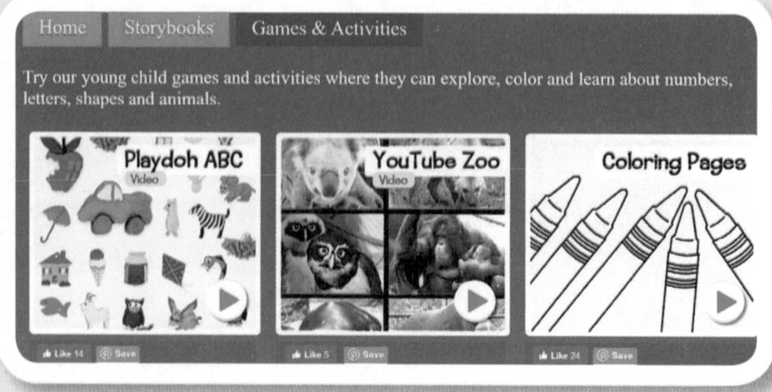

推薦理由

美國的教育中很注重 DIY，我家孩子在美國讀幼兒園及小學時，幾乎天天都有帶美勞作品回家！**對美國老師而言，所有的節日、教案，最好都要能有手作作品配合**（craft）、或是著色畫，理由很簡單：**凡做過、畫過，記憶必定更深刻！**

Lil-fingers 包含許多動畫小故事，還有小遊戲、節日小知識；小故事都配以小動畫，形象很生動。小朋友們看完了故事，還可以通過著色畫，了解更多知識，適合低年齡的小朋友。

特別推薦：**本網站的免費著色畫資源，共有三百多張的著色畫可印出來使用！**有字母的、形狀的、恐龍的、耶誕節的……光是介紹美國硬幣就有五十三種著色畫！家長如果想要讓孩子多了解美國文化，讓孩子做著色練習，可別錯過這個好網站。

Lil' Fingers Coloring Pages

Click the links below to view each coloring page section. Print them out and color.

A-B-C	1-2-3	Birthday	Butterflies
Calendars	Coins	Color Blocks	Cub Scouts
Dinosaurs	Flags	Flowers	Lil' Storybooks
Shapes		Sports	Small Words
Special Days		Telling Time	US Presidents
US Flags		100 Days of School	Christmas
Earth Day		Easter	Father's Day
Groundhog's Day	Halloween	Hanukkah	Kwanzaa

Kiz Club

類型 ➼ 綜合性的教學資源、手作網站
適合 ➼ 幼兒園～國小低中年級
英語難易度 ➼ 容易

推薦理由

本網站對家長或老師來說，是很好的免費資源，網站包含了上百種學習單、閃卡、著色畫素材、手作紙型等！

說實話，在本書推薦的十幾個教育網站中，我個人最喜愛的，應該是這一個網站：**因為它最實用，最貼近在家自學英語的需要！**如果家長想找 Alphabet Chart（英文字母對照表），這裡有全彩色的，也有 ABC 小書紙型、ABC 骰子紙型……學字母教材超級多！

此外，要學自然發音（phonics），這裡也有很多教材，有長母音、短母音、子音的發音掛圖 phonics Chart、發音拼圖 phonics Puzzle、發音海報 phonics Posters 等，另有一個專區，全部都是閃卡（flashcards），黑白彩色都有，根本不用去買，印出來、剪一剪就好！

最後一定要推薦手作區（crafts），裡面包羅萬象，有農場動物的立牌紙形、捲筒衛生紙的動物紙形……只要列印出來，馬上就可以與孩子一起手作，真是佛心來著！這裡**簡直就是學習英語的大寶庫，家長師長別說我沒告訴你，入寶山別空手而回喔！**

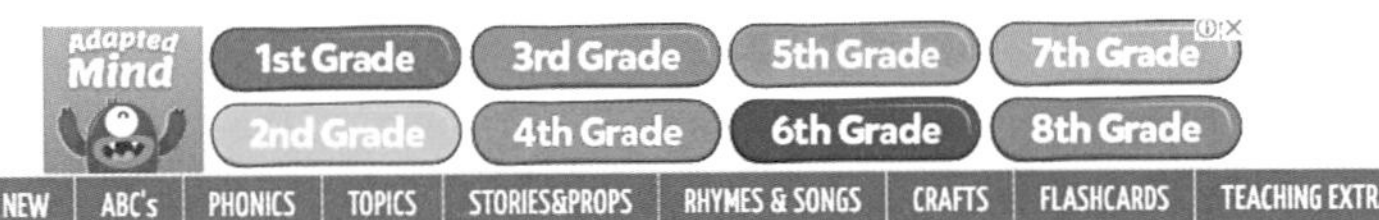

WHAT'S NEW | ABC's | PHONICS | TOPICS | STORIES&PROPS | RHYMES & SONGS | CRAFTS | FLASHCARDS | TEACHING EXTRAS

快上官方網站
看一看！

BACK A-D DR-GL H-M N-R S-U V-Z CH/SH/TH/WH

ch-/-ch:*cherry, chair, cheese, chain, chips, peach,lunch*
COLOR B&W

sh-/-sh:*shark, sheep, shells, shirt, shoes, radish, trash*
COLOR B&W

th-/-th:*termometer, think, teeth, moth, path*
COLOR B&W

wh-:*wheel, whale, wheat*
COLOR B&W

Paper Roll Animals

1. Cut the toilet paper roll in half.

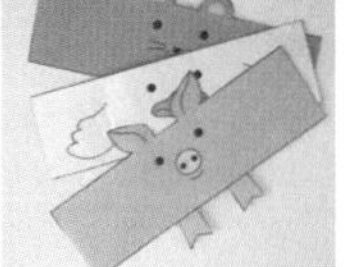

2. Cut out the animal patterns.

3. Cover the toilet paper roll with the animal pattern.

這是紙捲筒的回收利用手作，
紙型都有附在內

這是學習發音時可以用的閃卡

Cool English

類型 ➼ 台灣教育部為提升學童英語能力，所創的網站
適合 ➼ 國小～國中生
英語難易度 ➼ 容易～中高級

95

WEB

快上官方網站看一看！

推薦理由

這是一個教育部給家長的禮物！本網站很可愛，開宗明義在門口張貼著：「**教育部為國中小學生設計的英語線上學習平台**」！

本站是由臺灣師範大學英語系陳浩然教授團隊專案製作，主要是在**協助提升台灣中小學生的英語能力、刺激學習動機**、滿足孩子的自主學習需求。網站分為「學習區」與「遊戲區」，「學習區」是根據第二語言發展理論開發出一系列英語學習活動，並且與國內課綱對應，希望可以解決現階段國中小學英語網站欠缺整合的問題，以及降低學生使用全外文網站界面的困擾。「遊戲區」是以「教育趣味性」（Edutainment）為設計理念，開發各式線上學習遊戲，讓英語學習變得更生動活潑，擺脫學習外語常給人困難、枯燥的印象。

我很欣賞裡面的**情境動畫聽力練習**，看完影片也有學習問題。本網站也有國中專區，發音十分專業標準，還可讓孩子練習英語對話能力，一定要提：本站有技術可辨識孩子的口說回答，十分神奇！這麼有誠意的教育部禮物，家長們可別錯過了！

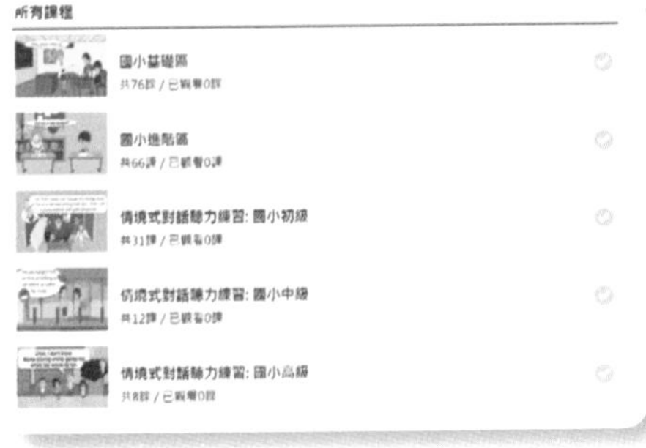

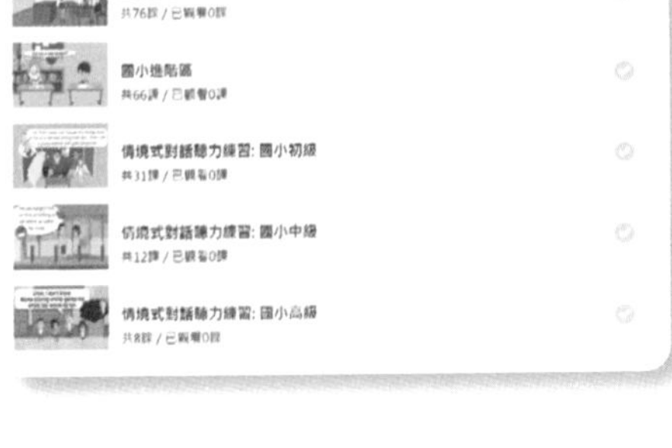

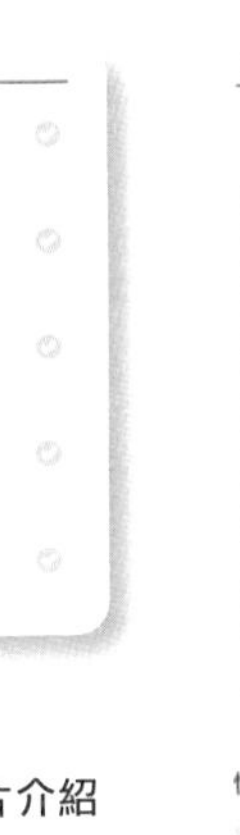

官方臉書

網站影片介紹

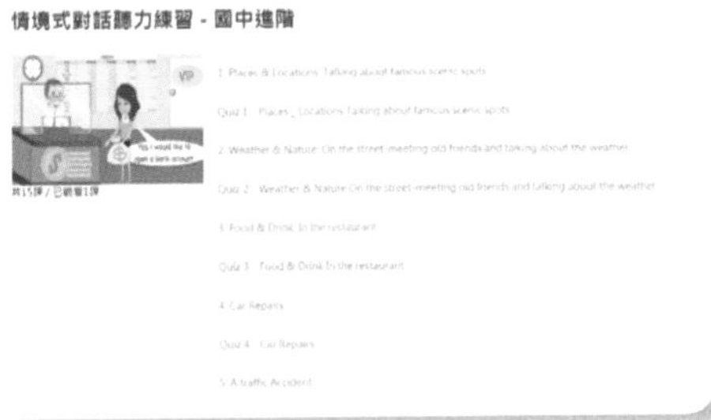

National Geographic Kids

類型 ➸ **美國國家地理頻道，給孩子的科學教育資源**
適合 ➸ **幼稚園大班～中小學生**
英語難易度 ➸ **中等～高難度**

推薦理由

如果你家小孩喜歡問這樣的問題：「企鵝為什麼有翅膀卻不會飛？」「鯨魚為什麼不是魚？」那麼，National Geographic Kids 會是一個很適合你家孩子去探索的地方！

本網站主要是介紹大自然、各種動物生態；其實《國家地理雜誌》最有名的，就是生態與自然攝影！它擁有許多世界知名的攝影記者，主題包括大自然與社會百態，台灣也有辦過好幾次「國家地理雜誌攝影展」，因此，**此網站的影片與相片都十分具有張力、戲劇性！很適合讓孩子欣賞，真正是：秀才不出門，能看天下事！**孩子可以搜尋有興趣的動物，了解他們的生態，我家孩子喜歡鳥，所以看了不少關於各種鳥的介紹與圖片！

96

WEB

我也推薦孩子去試試自然主題遊戲，如 *krill smack dawn*，這個遊戲是關於磷蝦（Krill），是一種類似蝦的海洋無脊椎動物，這種小型的甲殼亞門浮游動物是鬚鯨、蝠鱝、鯨鯊、鋸齒海豹的食物，也是一些海鳥的食物。

本遊戲可以看到海底世界磷蝦如何吃更小的浮游生物、同時要如何避免被魚吃掉！海底栩栩如生，保證孩子會喜歡。

快上官方網站
看一看！

Mammals

SEE MORE

Birds

SEE MORE

Reptiles

SEE MORE

Amphibians

SEE MORE

Invertebrates

SEE MORE

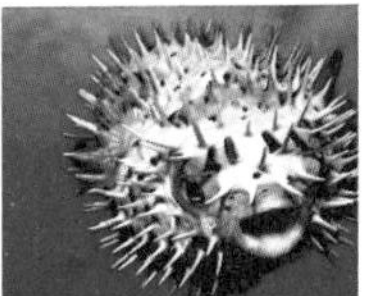

Fish

SEE MORE

Discovery Kids

類型 ➻ 知名科學頻道，給兒童偏自然科學的網站
適合 ➻ 幼兒園～國中
英語難易度 ➻ 基礎～中高級

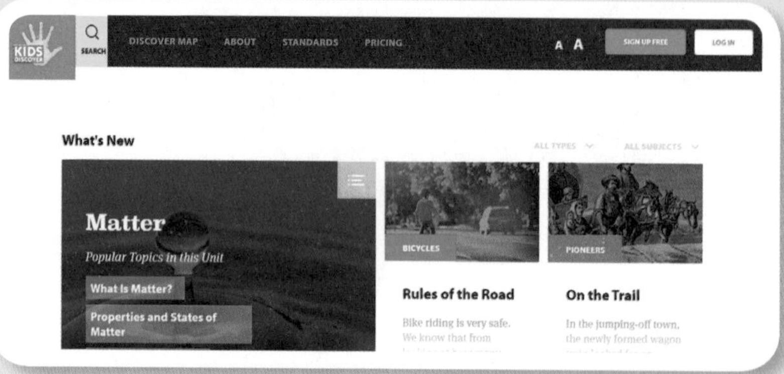

97

WEB

快上官方網站看一看！

推薦理由

探索頻道（Discovery Channel）是一九八五年在美國創立的。**主要播放科學、科技、歷史、考古及自然紀錄片**。Discovery 最知名的，就是**它致力於製作全世界最高品質的紀實節目，並且是最有活力的電視頻道之一**。

目前它在亞太地區已有超過一億八千萬個收視戶、也是全球最普及的電視頻道，有全球超過兩百一十個國家與地區三億九千三百萬個收視戶，節目內容以四十三種語言播出，在台灣也十分受到歡迎。

Discovery 頻道是我家小熊哥最喜愛的練習英語用頻道，它提供多元豐富的高品質紀實節目，從經典野生紀實、科技工程、歷史文明、探險等主題紀錄影片，我家男孩最喜歡欣賞此頻道的《**流言終結者**》系列，十分精采。

Discovery Kids 是一個 Discovery 頻道所衍生的子頻道，把年齡層降低給兒童與青少年。這是專門給兒童的網站，內容有互動遊戲、自然科學影片等。十分豐富多元，建議孩子可以多去挖寶！

Storyline Online

類型 ➻ **由美國演員給孩子講繪本故事的網站**
適合 ➻ **幼稚園小班～國小**
英語難易度 ➻ **容易～中高**

98

WEB

推薦理由

Storylineonline 也是一個免費的有聲讀物網站。我在前一本書《小熊媽的經典英語繪本 101+》有用到許多影與繪本朗讀網路範例，而朗讀的最佳選擇，很多都是來自這個網站！

由於本網站是美國演員工會發起的，有很多明星都來為孩子朗讀過故事，不但語調清晰、還有許多戲劇教果（演員的專業啊～）拍攝也十分用心，是十分賞心悅目的組合。

我個人很推薦凱文科斯納與一個黑人小女孩合作朗讀的 *Catching the Moon: The Story of a Young Girl's Baseball Dream*，還有台灣繪本作家陳致元所創作的繪本：*Guji Guji*，在本網站也有超高點閱率！真正是台灣之光。

此外，知名的童書：*Strega Nona*、*The Kissing hand*、*Stella luna*、*You are special*，也都大力推薦找來給孩子看看！

整個網站的設計非常有特色，充滿童趣的主頁，很能吸引小朋友的注意。一打開網站，就是許多童書封面，讀者可以根據三種方式找到想要的書：

快上官方網站
看一看！

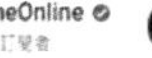

一、書籍名稱；
二、閱讀者；
三、書籍作者。
選擇英語讀物，簡單又容易上手！

每個繪本故事下方，還有討論與延伸活動建議，喜歡的話還可以上網直接買書！真是貼心的設計；我每次瀏覽都覺得：**不好好利用此網站，真是對不起自己與孩子！**

台灣作家的作品：
Guji guji，也大受好評

Highlights Kids

類型 ➻ 美國知名兒童動腦雜誌 Highlights 的網站
適合 ➻ 皆可
英語難易度 ➻ 容易～中等

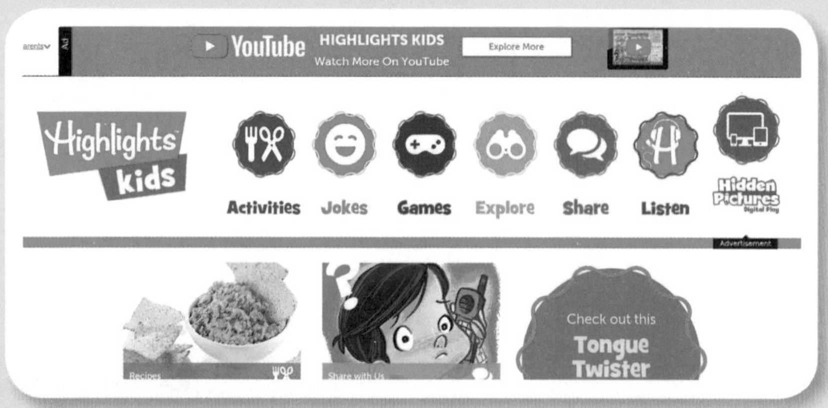

99 WEB

快上官方網站
看一看！

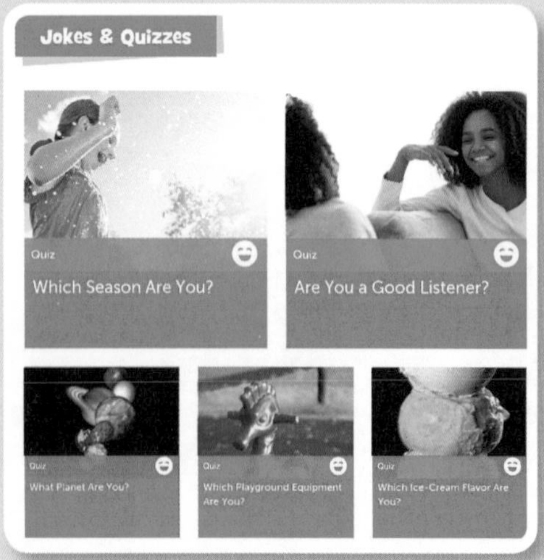

推薦理由

Highlights 是美國流行多年的兒童雜誌，最早是很類似 *I spy* 這樣的概念：在一個複雜的大圖中，找到一些提示的物品，如:梳子、靴子、一枝鋼筆、一隻山羊等。

在沒有3C、手機、平板的年代，**美國人帶孩子外出旅遊，多半會帶幾本 Highlights 雜誌，讓孩子動動腦、動動手，也打發時間，還可以帶著色筆著色！**是家長很喜愛的兒童雜誌，不過，3C 流行以後，這雜誌銷量也受影響：現代孩子誰還畫紙本？不都在滑手機？

所以，這雜誌也順應潮流，開始推出網站，除了原本找一找的遊戲，也加入新的元素：如讓孩子講笑話、推出小孩的食譜、小孩的手作、科學問與答等，感覺豐富許多！

本網站都是免費的好資源，建議孩子可以上來好好學學英文，聽聽美國孩子如何講笑話、如何問問題！都是很棒的學習機會。

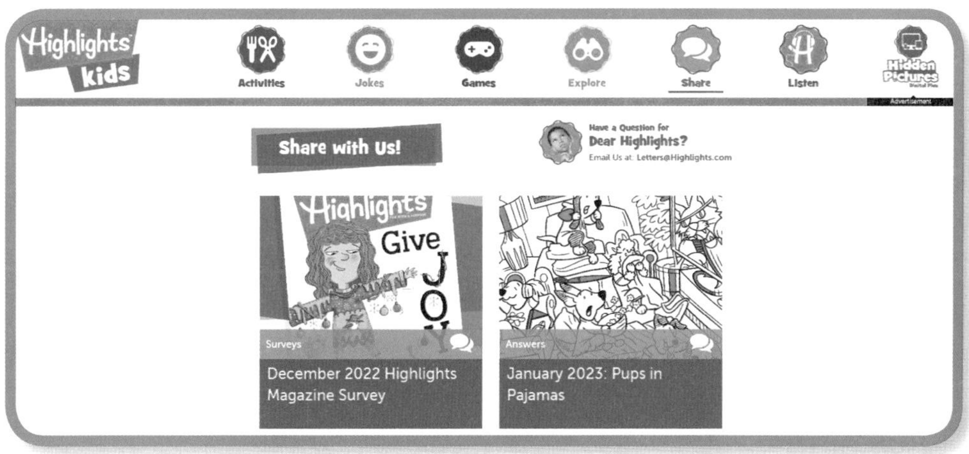

Scratch

類型 ➼ **兒童學基礎電腦程式的網站**
適合 ➼ **大班生～國中生**
英語難易度 ➼ **容易**

推薦理由

Scratch 是麻省理工學院的媒體實驗室終身幼稚園組開發的，是一種電腦程式開發平台，它的設立主旨，是讓程式設計語言初學者（如學童），**不需先學習語言語法，便能設計程式產品！**開發者期望通過學習Scratch，啟發和激勵孩子在愉快的環境下操作（如設計互動故事）、去學習程式設計、數學和計算知識，同時獲得創造性的思考，邏輯編程，和協同工作的體驗！

關於學習 Scratch，我家老二有一個神奇的故事，直到他六年級才說出：中年級時他曾遭一些同學霸凌與排擠，而當時的他變得與同學很疏離，不愛接觸人群（也是躲避霸凌者）；因為他下課不跟人來往，有時會去電腦教室自學 Scratch 程式，在家也不斷練習；某日，被電腦老師發現了！老師告訴他：「**你自學的不錯，去找一位隊友，老師推薦你去程式設計比賽！**」

一開始，他問了不少同學，但大家都說沒時間（因為也不了解Scratch），所以他拉了一位足球隊好友 L，幫他上課、訓練 L 成為夥伴，後來**兩人真的代表學校去參加全市 Scratch 程式設計比賽，還得到全市優等獎回來！**

更有趣的在後頭，接下來，他開放自己設計的有趣 Scratch 電玩程式，給一些五、六年級同學試玩，沒想到大家反應熱烈，讚不絕口！就連

快上官方網站
看一看！

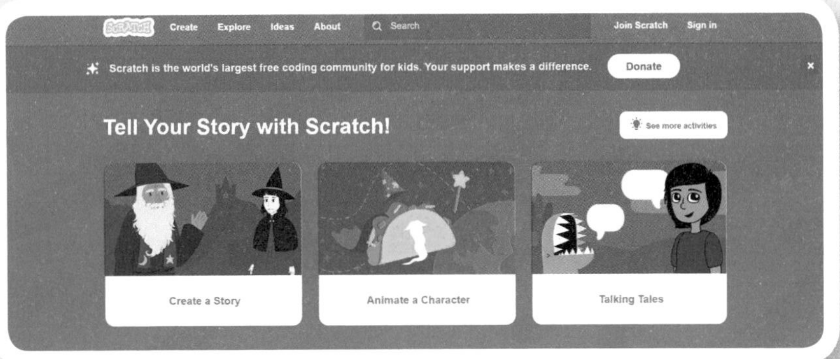

Who Uses Scratch?

Scratch is designed especially for ages 8 to 16, but is used by people of all ages. Millions of people are creating Scratch projects in a wide variety of settings, including homes, schools, museums, libraries, and community centers.

Learn to Code, Code to Learn

The ability to code computer programs is an important part of literacy in today's society. When people learn to code in Scratch, they learn important strategies for solving problems, designing projects, and communicating ideas.

這是網站裡面的説明資訊，
建議家長先進去看看！

以前欺負過他的同學們，也很喜歡，還跑來問他：「你什麼時候設計其他的程式？一定要找我們試玩喔！」

以往的恩怨冰釋了；大家都長大、成熟了，可以一起開心了！所以，**我很感謝 Scratch 網站，讓我家孩子除了學英語、學寫程式，還有了另一種成長、解決人際問題的妙方！**

Funbrain

類型 ➼ 綜合性的知名兒童網站
適合 ➼ 幼兒園～國中小學生
英語難易度 ➼ 容易～中高級

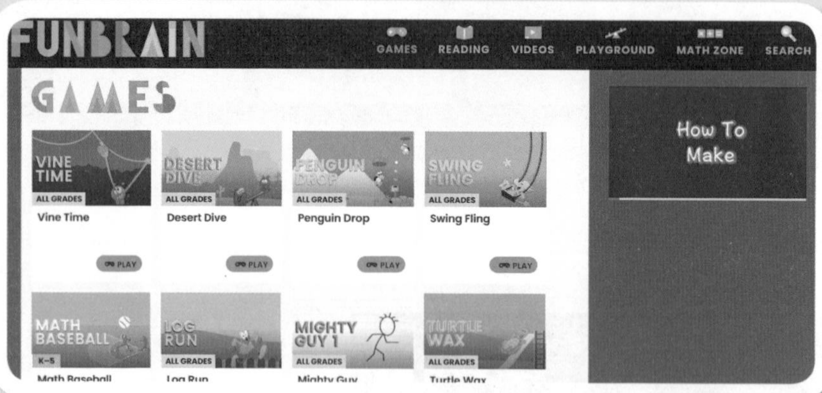

101
WEB

快上官方網站
看一看！

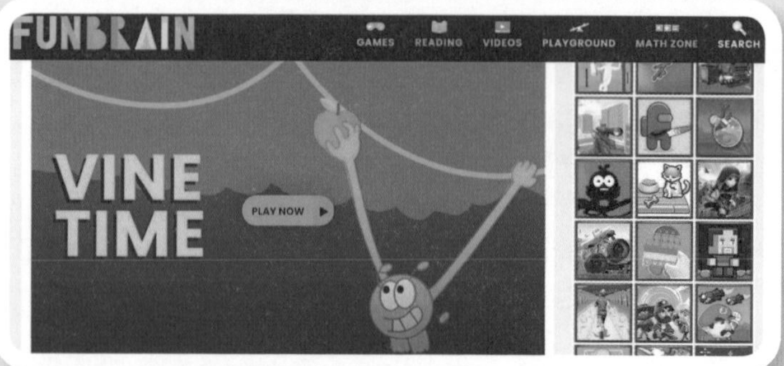

推薦理由

Funbrain 是一個很知名綜合性的教育網站，而且免費！（許多類似的網站都要你加會員、留資料或付費，很囉唆。）裡面的主要分類如下：

❶ **閱讀**（點進去真的有書可以線上讀，如《遜咖日記》及其他許多童書！）

❷ **互動遊戲**（給小學生的遊戲）。

❸ **趣味動畫或影片**（孩子看了會覺得有趣的動畫短片）。

❹ **幼兒園互動區**（專給幼兒園孩子的遊戲互動區）。

❺ **數學園地**（練習數學的遊戲）。

值得一提的是，這裡的遊戲都是杜絕暴力色情、十分適合孩子的遊戲，同時在遊戲中，還可以增進閱讀及理解能力，甚至練習數學心算！

推薦一個不錯的數學遊戲：Math baseball ！首先可以設定程度，如初級加法，就會出現五＋八＝？若孩子答對了，壘上跑者就可以往前跑壘，越練習心算能力會越好，而且一點也不枯燥乏味！可鼓勵孩子來 Funbrain 練練腦力與數學力喔～

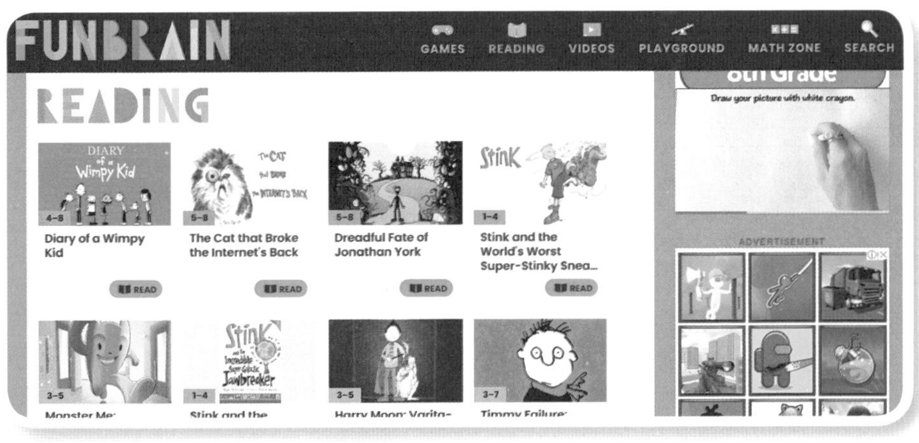

Loyal Books

類型 ➼ **提供免費下載英語有聲書的網站**
適合 ➼ **國小～國中、高中、大學、出社會！**
英語難易度 ➼ **中等～高級**

102

WEB

推薦理由

Loyal Books 的內容非常豐富，但故事大多有一些難度，而且故事比較長。**除了兒童讀物，網站還有小說、詩歌、短文等。**

這個網站涵蓋的文章內容十分廣泛，網站的設計也是簡單明了。進入首頁後，請記得點入 Children 的分類，然後就可以看到很多童書。**這裡免費分享的有聲童書，多半是經典書籍，如《金銀島》、《伊索寓言》、《祕密花園》、《安徒生童話》**等，並無版權問題；朗讀者也多半是自願的志工，很像我以前為清大盲人圖書館朗讀的狀況。

我有聽過幾本，發覺朗讀者的素質很好，例如 *Ann of green gable* 一書，裡面並不是一人朗讀到底，而是每個角色有不同男、女專人配音！感覺好像在聽一齣廣播劇，十分精采生動！**我喜歡在快走時，帶著 MP3 享受免費的有聲書陪伴。**我家老二喜歡在睡前聽有聲書，這裡的《金銀島》、《頑童歷險記》、《福爾摩斯探案》，也是他的新歡。

練習英語聽力，讓孩子聽有聲長篇故事書，大人也可以選喜歡的書來聽，全家同樂，是很好的助力！

Books Should Be Free is now

Loyal Books

Free Public Domain Audiobooks & eBook Downloads

Search by: Title, Author or Keyword

Search

Popular Genres

- Top 100
- Children
- Fiction
- Fantasy
- Mystery

More Genres

- Adventure
- Children
- Comedy
- Fairy tales
- Fantasy
- Fiction
- Historical Fiction
- History
- Humor

Popular free audio books

Tristan and Iseult
Joseph Bédier

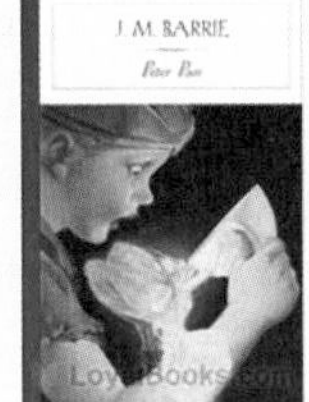

Peter Pan
J. M. Barrie

Mansfield Park
Jane Austen

The Odyssey
Homer

有聲童書類免費資源

Aesop's Fables
Aesop

Anne of Green Gables
Lucy Maud Montgomery

Treasure Island
Robert Louis Stevenson

Our Island Story
Henrietta Elizabeth Marshall

本網站提供的有聲童書封面表

附錄

P67 We are the Alphabet
It's an ABC song with phonics anchor word pictures.
This song was written and performed by A.J.Jenkins. Video by KidsTV123.
Copyright 2011 A.J. Jenkins/KidsTV123: All rights reserved.
This is an ORIGINAL song written in 2011 - any copying is illegal.
For MP3s, worksheets and much more:
http://www.KidsTV123.com
搜尋更多內容輸入「KIDSTV — 123」

P68 Phonics Song
A phonics song to help children learn the letter sounds.
Written and performed by A.J. Jenkins
Copyright 2009 A.J.Jenkins/KidsTV123: All rights reserved
This is an ORIGINAL song written in 2009 - any copying is illegal.
For MP3s, worksheets and much more:
http://www.KidsTV123.com
搜尋更多內容輸入「KIDSTV — 123」

P69 Phonics Song 2
It's a phonics song with a picture for each letter.
This is designed to help children learn the sounds of the letters in the English alphabet.
Written and performed by A.J.Jenkins
Copyright 2009 A.J.Jenkins/KidsTV123. All rights reserved.
This is an ORIGINAL song written in 2009 - any copying is illegal.
For MP3s, worksheets and much more:
http://www.KidsTV123.com
搜尋更多內容輸入「KIDSTV — 123」

P71 10 Little Numbers
A numbers song to the ten little tune. It's designed to help children learn the names and the spelling of numbers.
Original arrangement by A.J. Jenkins. Performed by A.J. Jenkins. Original verse by A.J. Jenkins from 0.32 to 1.13 is an original tune. Copying this tune is copyright theft.
Copyright 2009 A.J.Jenkins/KidsTV123: All rights reserved.
For MP3s, worksheets and much more:
http://www.KidsTV123.com
搜尋更多內容輸入「KIDSTV — 123」

P71 The Big Numbers Song
It's a numbers song for children and adults. Count from 0 to 100 and from a hundred to a trillion.
This song was written and performed by A.J. Jenkins. Video by KidsTV123.
Copyright 2011 A.J.Jenkins/KidsTV123: All rights reserved.
This is an ORIGINAL song written in 2011 - any copying is illegal.
For free MP3s, worksheets and much more:
http://www.kidstv123.com
搜尋更多內容輸入「KIDSTV — 123」

P71 100 Days of School | Count to 100 with Jack Hartmann 讓我們讓健康計數達到 100 計數到 100 首歌曲計數到 100 傑克哈特曼（Jack Hartmann）
Copyright © 2022 Hop 2 It Music. All Rights Reserved.
Powered by TCWDigital
搜尋更多內容輸入「Jack Hartmann」

P73 The Shapes Song
It's a shapes song.
This song was written and performed by A.J. Jenkins. Video by KidsTV123.
Copyright 2011 A.J.Jenkins/KidsTV123: All rights reserved
This is an ORIGINAL song written in 2011 - any copying is illegal.
For MP3s, worksheets and much more:
http://www.KidsTV123.com
搜尋更多內容輸入「KIDSTV — 123」

P73 Shapes Song 2
A shapes song for children.
If this video corrupts, please try the link below.
http://www.youtube.com/watch?v=Q1xvpt...
This song was written and performed by A.J. Jenkins. Video by KidsTV123.
Copyright 2011 A.J. Jenkins/KidsTV123: All rights reserved
This is an ORIGINAL song written in 2011 - any copying is illegal.
For MP3s, worksheets and much more:
http://www.KidsTV123.com
搜尋更多內容輸入「KIDSTV — 123」

 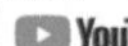   

P75 顏色歌 - 與小巴士 Tayo 用英語學習顏色
https://www.youtube.com/@Tayo
搜尋更多內容輸入「Tayo the Little Bus」

YouTube amazon facebook Instagram

P75 [Tayo Song Series] #01 Colors Song
Subscribe Tayo the Little Bus and watch new videos uploaded every day. ★
Tayo YouTube Channel:https://www.youtube.com/user/Tayo
Copyright © 2018 ICONIX Co., Ltd. All Rights Reserved.
搜尋更多內容輸入「Tayo the Little Bus」

YouTube amazon facebook Instagram

P77 7 Days of the Week Song | Days of the Week Song | Days of the Week | Jack Hartmann
Copyright © 2022 Hop 2 It Music. All Rights Reserved.
Powered by TCWDigital
搜尋更多內容輸入「Jack Hartmann」

P77 Days of The Week Song For Kids
Copyright © 2017 DREAM ENGLISH
搜尋更多內容輸入「DREAM ENGLISH」

DREAM ENGLISH YouTube amazon

P77 "A Week Is Seven Days" by ABCmouse.com
© Age of Learning, Inc. All rights reserved.
TM & © 2007-2022 Age of Learning, Inc. Patents Pending
搜尋更多內容輸入「ABCmouse.com Early Learning Academy」

YouTube facebook Instagram

P79 Months Of The Year Song
It's a months of the year song to the tune of Michael Finnegan or the Ten Little song.
Performed by A.J. Jenkins
Copyright 2009 A.J.Jenkins/KidsTV123: All rights reserved.
For MP3s, worksheets and much more:
http://www.KidsTV123.com
搜尋更多內容輸入「KIDSTV — 123」

 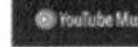  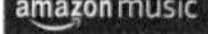

P79 Months of the Year Song | Learn English Kids

搜尋更多內容輸入「DREAM ENGLISH」

P81 The Animal Sounds Song
It's a song for children describing the sounds that animals make. It is designed to help learn phonic patterns in English.
This song was written and performed by A.J.Jenkins.

This is an ORIGINAL song written in 2010 - any copying is illegal.
For MP3s, worksheets and much more:
http://www.KidsTV123.com
搜尋更多內容輸入「KIDSTV — 123」

P81 The Animal Sounds Song (new version)
It's a new version of The Animal Sounds Song with 4 new animals.
It is designed to help learn phonic patterns in English.
This song was written and performed by A.J. Jenkins. Video by KidsTV123.

For MP3s, worksheets and much more:
http://www.KidsTV123.com
搜尋更多內容輸入「KIDSTV — 123」

    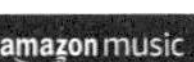

P83 The Solar System Song (with lyrics)
This song was written and performed by A.J. Jenkins. Video by KidsTV123.

This is an ORIGINAL song written in 2011 - any copying is illegal.
For MP3s, worksheets and much more:
http://www.KidsTV123.com
搜尋更多內容輸入「KIDSTV — 123」

P83 Planet Song | preschool learning

VISIT OUR OFFICIAL WEBSITE : https://www.uspstudios.co/
Oh My Genius concentrates on fun kids learning with lots of animated kids videos, songs, counting numbers, Nursery Rhymes and many more. For more Nursery Rhymes and Kids Videos download our Android App 'Kids First' - http://m.onelink.me/540680c2
搜尋更多內容輸入「Oh My Genius - Nursery Rhymes And Kids Songs」

P85 The Opposites Song
This song was written and performed by A.J. Jenkins. Video by KidsTV123.

This is an ORIGINAL song written in 2014 - any copying is illegal.
For MP3s, worksheets and much more:
http://www.KidsTV123.com
搜尋更多內容輸入「KIDSTV — 123」

P85 The Opposites Song ~ Antonyms ~ 110 words ~ LEARN ENGLISH Vocabulary
A fun OPPOSITES SONG for English learners. 110 illustrated words to help people of all ages learn basic English. :-) FREE teaching materials to accompany the song are available on our website: http://www.naturalenglish.org/p/free-...
For more vidoeo, please subscribe to our channel!
http://www.youtube.com/naturalenglishorg

搜尋更多內容輸入「Natural English」

P87 Bingo | Mother Goose Club Playhouse Kids Video
Looking for lyrics? Turn on closed captions to sing along!
Big thanks to all of our fans out there, big and small!

搜尋更多內容輸入「Mother Goose Club」

P87 Barney - B-I-N-G-O (SONG)
搜尋更多內容輸入「Barney」

P89 HooplaKidz Nursery Rhyme | My Bonnie Lies Over The Ocean
About HooplaKidz:
HooplaKidz is one of the most popular YouTube channels for preschoolers featuring the cutest and coolest characters in town Annie, Ben and Mango singing and dancing to many popular nursery rhymes and original songs as well as super fun learning videos.
Thanks for watching :)
Title: My Bonnie Lies over the Ocean Song | HooplaKidz Nursery Rhymes & Kids Songs
URL: https://www.youtube.com/watch?v=Hp_vk...
HooplaKidz: https://www.youtube.com/hooplakidz

搜尋更多內容輸入「HooplaKidz」

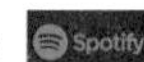

P89 My Bonnie Lies Over The Ocean | Nursery Rhymes Songs With Lyrics | Kids Songs
Halfticket Kids is a double E. Entertainment and Education.
Venture of CloudWalker Streaming Technologies Pvt. Ltd.
搜尋更多內容輸入「HALFTICKET KIDS」

P91 John Jacob Jingleheimer Schmidt | CoComelon Nursery Rhymes & Kids Songs

搜尋更多內容輸入「Cocomelon - Nursery Rhymes」

P91 John Jacob Jingleheimer Schmidt
Please Subscribe. No requests for full episodes/movies except for occasions.
搜尋更多內容輸入「BarneyClassics」

P91 John Jacob Jingleheimer Schmidt
搜尋更多內容輸入「Kids Songs TV」

P92 She'll Be Coming Round The Mountain Action Song
搜尋更多內容輸入「My Little World of Song」

P93She'll Be Coming Round the Mountain | CoComelon Nursery Rhymes & Kids Songs

搜尋更多內容輸入「Cocomelon - Nursery Rhymes」

P95 Mother Goose Club's Favorite Cartoons! 第 3 季 第 9 集
Take Me out to the Ball Game - Mother Goose Club Rhymes for Kids
Looking for lyrics? Turn on closed captions to sing along!
Big thanks to all of our fans out there, big and small!

搜尋更多內容輸入「Mother Goose Club」

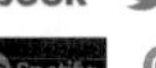 

P95 Take Me Out to the Ball Game | Family Sing Along - Muffin Songs
Muffin Songs - nursery rhymes & children songs with lyrics / stories, tales and fables/ English education music & dancing / download mp3 and scores for songs and music / home kindergarten
搜尋更多內容輸入「Muffin Songs」

P97 Zip-A-Dee-Doo-Dah
藝人：James Baskett
授權：The Orchard Music, UMG (代表 Walt Disney Records); LatinAutorPerf, CMRRA, ASCAP, Walt Disney Music Company (Publishing), LatinAutor - UMPG, UMPI 與 11 個音樂版權協會
搜尋更多內容輸入「Michael Bradley」

P99 Do-Re-Mi - The Sound of Music Lyrics!
藝人：Connie Fisher, 'The Sound Of Music' 2006 London Palladium Cast
授權：UMG (代表 Polydor Records); LatinAutorPerf, Concord Music Publishing, Warner Chappell, ASCAP, UMPG Publishing, LatinAutor - PeerMusic 與 12 個音樂版權協會
搜尋更多內容輸入「mutlu134」

P99 "Do-Re-Mi" - THE SOUND OF MUSIC (1965)
搜尋更多內容輸入「Rodgers & Hammerstein」

P101 Edelweiss
Smile, laugh and have fun!
Various songs for children to try to sing and dance to.
All videos were created for educational use only.
搜尋更多內容輸入「Fun English」

P103 Home on the Range | Family Sing Along - Muffin Songs
Muffin Songs - nursery rhymes & children songs with lyrics / stories, tales and fables/ English education music & dancing / download mp3 and scores for songs and music / home kindergarten
Sales and distribution inquiries : info@muffinsongs.com
搜尋更多內容輸入「Muffin Songs」

P103 Home on the Range | Song for Kids by Little Fox
歡迎來到 Little Fox 的官方頻道。在這裡，Little Fox 為您提供讓孩子們快樂學習英語的英文動畫片和英文兒歌。孩子們透過英文動畫，沉浸在英文的世界裡，自然而然地學習新的英文單字，從而達到流暢說英語的目的。我們將在每週一至週五每天更新五個新視頻。想了解更多 Little Fox 的學習資源，請訪問 www.littlefox.com。

搜尋更多內容輸入「Little Fox」

P107 Little Baby Bum - Nursery Rhymes & Kids Songs

搜尋更多內容輸入「Little Baby Bum」

P109Sweet Tweets
I Like to Eat Carrots and Broccoli – Sweet Tweets

搜尋更多內容輸入「Sweet Tweets」

P111 Dave and Ava - Nursery Rhymes and Baby Songs
The Wheels on the Bus - Animal Sounds Song | Nursery Rhymes Compilation from Dave and Ava

搜尋更多內容輸入「Dave and Ava」

P113 Maisy Mouse Official
搜尋更多內容輸入「Maisy Mouse Official」

P115 Peppa Pig - Official Channel
Learn with Peppa Pig Compilation
 Peppa Pig created by Mark Baker and Neville Astley.
搜尋更多內容輸入「Peppa Pig - Official Channel」

P117 Caillou - WildBrain
Caillou English Full Episodes | Caillou and the Tooth Fairy | Caillou New HD! | Cartoon for Kids

搜尋更多內容輸入「Caillou」

P119 Cloudbabies
Baba Pink Best Bits | Cloudbabies Animation Clips | Cloudbabies Official

搜尋更多內容輸入「Cloudbabies」

P121 Sesame Street

搜尋更多內容輸入「Sesame Street」

P123 Madeline and the New Girl - FULL EPISODE S4 E9 - KidVid
WILDBRAIN is a trademark of Wild Brain Entertainment, Inc. © 2022 WildBrain Ltd. All rights reserved.
搜尋更多內容輸入「WildBrain Kids」
WildBrain YouTube

P125 Little People - Fisher Price
Songs for Kids - Little People Classic | Farm Feet - Kids Songs
©2022 Mattel
搜尋更多內容輸入「Little People」
LittlePeople YouTube

P127 Curious George Official
搜尋更多內容輸入「Curious George Official」
YouTube

P129 Peter Rabbit
©1995 - 2021 Penguin Books Ltd. Registered number: 861590 England. Registered office: 20 Vauxhall Bridge Road, London, SW1V 2SA UK.
搜尋更多內容輸入「Peter Rabbit 」
Peter Rabbit YouTube

P131 Daniel Tiger's Neighbourhood
搜尋更多內容輸入「Daniel Tiger's Neighbourhood 」
YouTube

P133 Thomas & Friends
搜尋更多內容輸入「homas & Friends 」
YouTube

P135 Barney
搜尋更多內容輸入「Barney」
YouTube

P137 The Wiggles
The Wiggles | Big Red Car Wheels On The Bus Nursery Rhymes | Kids Songs for Preschool
© 2022 The Wiggles Pty Ltd
搜尋更多內容輸入「The Wiggles」

P139 Super Why - WildBrain
搜尋更多內容輸入「Super Why - WildBrain」
YouTube

P141 WordWorld
© 2021 General Word LP. All Rights Reserved. WordWorld, WordThings, WordFriends, Where Words Come Alive And All Associated Logos Are Trademarks Of General Word LP. The PBS KIDS Logo Is A Registered Trademark Of The Public Broadcasting Service And Is Used With Permission. All Rights Reserved. The Contents Of This Website Were Developed Under A Cooperative Agreement With The U.S. Department Of Education. However, Those Contents Do Not Necessarily Represent The Policy Of The Department Of Education And You Should Not Assume Endorsement By The Federal Government.
搜尋更多內容輸入「WordWorld」
WordWorld  facebook 

P143 Bob the Builder
搜尋更多內容輸入「Bob the Builder」
YouTube 

P145 The Backyardigans - Official
搜尋更多內容輸入「The Backyardigans」
YouTube

P147 Arthur Read
The Origins of Arthur | A Word from Arthur and Marc Brown
© 2022 WGBH Educational Foundation.
All rights reserved. All characters and underlying materials (including artwork) copyright Marc Brown. "Arthur" and "D.W." and all of the ARTHUR characters are trademarks of Marc Brown. All third party trademarks are the property of their respective owners. Used with permissions.
搜尋更多內容輸入「Arthur」
Arthur YouTube

P149 Octonauts
OCTONAUTSTM OCTOPODTM Meomi Design Inc. OCTONAUTS Copyright © 2021 Vampire Squid Productions Limited. All rights reserved.
搜尋更多內容輸入「Octonauts」
YouTube facebook 

P151 The Jim Henson Company
The Sid the Science Kid Theme Song! - The Jim Henson Company
COPYRIGHT © 2022 THE JIM HENSON COMPANY
搜尋更多內容輸入「The Jim Henson Company」
Jim Henson YouTube facebook

P153 Fireman Sam
搜尋更多內容輸入「Fireman Sam」
YouTube

P193 讀者劇場也有新風貌！
熱銷 22 年的 Reading House 新版內容大公開！
Copyright © 2012~All rights reserved.
搜尋更多內容輸入「敦煌書局」
YouTube facebook Instagram LINE

P204 KATIE MORAG
This is a commercial website from BBC Studios.
BBC is a trademark of the British Broadcasting Corporation. Logos © 1996.
搜尋更多內容輸入「CBeebies Español」
CBeebies YouTube Instagram

P208 BabyTV
© 2022 Baby Network Limited, All Rights Reserved: Use of this website (including any and all parts and components) constitutes your acceptance of these Terms of Use and Privacy Policy
搜尋更多內容輸入「BabyTV」
 YouTube facebook Instagram  

P223'Guji Guji' read by Robert Guillaume
© 2022 SAG-AFTRA Foundation. All rights reserved.
搜尋更多內容輸入「StorylineOnline 」

 facebook  Instagram

家庭與生活 084

小熊媽親子學英語私房工具 101+【暢銷修訂版】

作　　者｜張美蘭（小熊媽）
內頁動作示範繪圖｜張美蘭（小熊媽）
繪　　圖｜徐世賢（Nic）
責任編輯｜林欣儀（一版）
陳瑩慈（二版）
協力編輯｜王雅薇
美術設計｜三人制創、王瑋薇
行銷企劃｜石筱珮

天下雜誌群創辦人｜殷允芃
董事長兼執行長｜何琦瑜
媒體產品事業群
總 經 理｜游玉雪
總　　監｜李佩芬
版權主任｜何晨瑋、黃微真

出 版 者｜親子天下股份有限公司
地　　址｜台北市 104 建國北路一段 96 號 4 樓
電　　話｜(02) 2509-2800　傳真｜(02) 2509-2462
網　　址｜www.parenting.com.tw
讀者服務專線｜(02)2662-0332　週一～週五 09:00~17:30
讀者服務傳真｜(02)2662-6048
客服信箱｜parenting@cw.com.tw
法律顧問｜台英國際商務法律事務所 ・ 羅明通律師

製版印刷｜中原造像股份有限公司
總經銷｜大和圖書有限公司　電話｜(02)8990-2588

出版日期｜2023 年 1 月第二版第一次印行
定　　價｜450 元
書　　號｜BKEEF084P
ＩＳＢＮ｜978-626-305-402-8（平裝）

訂購服務
親子天下 Shopping｜shopping.parenting.com.tw
海外・大量訂購｜parenting@service.cw.com.tw
書香花園｜台北市建國北路二段 6 巷 11 號　電話｜(02) 2506-1635
劃撥帳號｜50331356 親子天下股份有限公司

國家圖書館出版品預行編目（CIP）資料

小熊媽 親子學英語私房工具101+（暢銷修訂版）/小熊媽(張美蘭)作. -- 第二版. -- 臺北市：親子天下股份有限公司, 2023.01
240 面；17x21 公分 . --（家庭與生活；84）
ISBN 978-626-305-402-8（平裝）

1.CST：英語　2.CST：學習方法　3.CST：親子

805.1　　　111021313

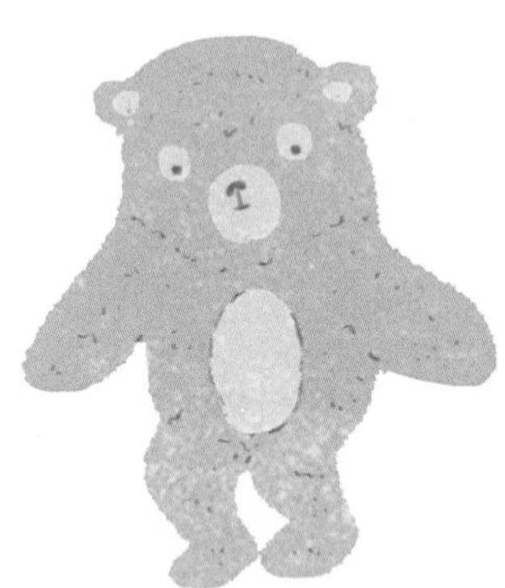

立即購買 >

y gate stands inside
's entrance.
recent spree of shootings
yaran
a mi
n A
a ha
unte

two years ago where the victim
was just 15.
"It's no joke," Wong says.

about 15 percent of what is traded on Nasdaq. Cummings predicts that total will reach one billion shares a day by the end of the year.
Recently, the company tops 300 million shares a day, or
electronic trading platform
the two exchanges,
work to h

street.
ed, but not cowed.
"We go where
dimly lit groc
blueprint. Gateway was based before moving to Irvine in 2004.
ned expa
both men in
of these
in-
yle,"
kes-

Gateway
early 2001. T
named in
though it ha
would not
in the futur
ove," Maya
The SEC

of

delay

needed,
airline, flight
ants union.

Gropper adjourn
until March 21, when
consider a purported
claim the AFA says it is
He said the two
linked.
The union arg
west underesti
mance for thi
longer met
concessio
posed cu
20 perc
west

By Vinnee Tong
ASSOCIATED PRESS

YORK — A bankruptcy
Thursday urged more
a delayed ruling
Northwest Air
reduc
pay

the Cinch, a local
le at Florin and
where Rita Garcia has
s for 19 years, she

for jobless
328,000 la
level in a
better-tha
from the

43/548
092
336
tes can make

There
ole)
ients
nc. upped
harmacy b

Month ago

h activities, said Betty
s, president of the Sacra-
AACP. "It meant a lot to
of something," she
lling her own experi-
routh sports league
l to turn th

also hel
h" grou
eet with
owners
id enco
h other
Hallm
fice co
concer
Con
Inside
looks d
store's

946 m
list of b
Gates re
By Ja
Asso
NEW Y

fire in
government
of the bid-result, the Energy Depart-
ment said. Companies apply-
ing for funding include Boeing
Co., BP PLC, Dow Chemical
Co., General Electric Co. and
SunPower Corp. Themployee
nies select
BI's
CVS offie,
n in stock is and
Express Sarted
ay in Dece
ompanies role in
forces wripts in
ond-largor the p
nefits mamanage
eir barga Each o
ug mak include
etitors valued a
s Inc, based on
olution prices.
fits ma The bi
Novemb

Big Brothers/
said. "But of
pol
too
D
not
digg
At
Elder
Raj and Maya
Nayaran work amid vivid re-
minders of their native Fiji

1YR AGO					
4.72	4.73	4.74	4.72	4.79	4.60

te

can't ju
said.
Inside
waterin
Power I
served d
doles ou

ACTIVES ($1 OR MORE)

STOCK	VOL (00's)	CLOSE	CHG
rdM	728922	7.93	+.31

STOCK	V
Nasd100Tr	

eras and securi